CHRISTMAS CHALLENGE :
comment faire craquer le flic bourru d'à côté

Publié par Nina Loren
Siret : 822 161 428 00013
Artiste-auteur

Ceci est une œuvre de fiction. Les personnages et les situations décrits dans ce livre sont purement imaginaires : toute ressemblance avec des personnages ou des évènements existants ou ayant existé ne serait que pure coïncidence.
Ce livre contient des scènes sexuellement explicites et homoérotiques qui peuvent être considérées comme offensantes pour certains lecteurs. Il est destiné à la vente et au divertissement d'un public adulte uniquement. L'autrice ne peut être tenue responsable si cette clause n'est pas respectée.

Aucune intelligence artificielle n'a été utilisée à aucune étape de la conception/écriture de ce livre.

Tous droits réservés.

« Le Code de la propriété intellectuelle interdit les copies ou reproductions destinées à une utilisation collective. Toute représentation ou reproduction intégrale ou partielle faite par quelque procédé que ce soit, sans le consentement de l'auteur ou de ses ayants droit ou ayant cause, est illicite et constitue une contrefaçon, aux termes des articles L.335-2 et suivants du Code de la propriété intellectuelle. »

Première édition – décembre 2022
ISBN : 9 798 86754 334 1
Prix TTC France : 18,90 euros
Disponible en achat numérique, abonnement Kindle – existe aussi en format broché
Copyright : ©2023 - Nina Loren
Conception graphique : Nina Loren
Dessins de Couverture : Notion Pic/Giuseppe Ramos -JEM
Illustration intérieur : Notion Pic/Graphix/Trifia
Distribué et imprimé par Amazon/Kindle Direct Publishing en impression à la demande
Dépôt légal : décembre 2022

CHRISTMAS CHALLENGE :
comment faire craquer le flic bourru d'à côté

Nina Loren

Chapitre 1
29 novembre

Herschel

S'il y a bien une chose à laquelle je n'étais pas préparé, c'était me faire cambrioler, en cette fin de mois de novembre. Ce matin, je me suis levé aux aurores pour aller faire quelques courses. Je n'avais pas franchement bien dormi et je me suis retrouvé réveillé à une heure qu'une majorité de gens qualifieraient d'indécente. Quitte à être debout, j'ai donc décidé de me débarrasser le plus rapidement possible de ma corvée hebdomadaire, sauf que manifestement, je ne devais pas être si bien réveillé que ça, en fin de compte, car j'ai oublié de verrouiller ma porte, grande ouverte devant moi. Quel idiot.

J'habite, depuis six mois maintenant, dans un petit chalet sur les hauteurs de Banff, une bourgade de quelques milliers d'habitants au beau milieu des montages de l'Alberta. Avant ça, je vivais en ville, à Calgary, une petite vie agréable, insouciante, jusqu'à ce que mon patron commence à me faire des avances puis aille progressivement jusqu'à me mettre des mains aux fesses toute la journée. Ce demeuré se moquait bien que, d'une part, je sois tout sauf intéressé – lui et le consentement ça faisait deux – et, d'autre part, que je le menace de

porter plainte pour son harcèlement sexuel. En vérité, tout cela semblait l'amuser follement, tandis que moi je m'enfonçais peu à peu dans la dépression. Il a pendant longtemps réussi à me garder sous sa coupe, parce que cette abominable pourriture de courtier me faisait chantage sur chantage ; il me menaçait de ruiner ma carrière, d'abord, puis carrément ma vie, si j'ouvrais ma bouche. J'ai très mal vécu tout ça, j'avais la trouille d'aller au bureau, j'angoissais de me retrouver seul avec lui, mais j'avais tout aussi peur de tout perdre. Le statu quo a tenu jusqu'au jour où c'est allé *beaucoup* trop loin et où j'ai eu la trouille de ma vie. Il m'a coincé dans un coin de son bureau, une après-midi où il était rentré d'un déjeuner d'affaires un peu trop éméché, et il a ensuite essayé de glisser sa main dans mon pantalon. J'ai d'abord été tétanisé et je m'attendais à vivre ce moment en simple spectateur impuissant, et puis j'ai trouvé la force de riposter et, malgré mon physique de spaghetti trop cuit, j'ai réussi à lui envoyer mon poing dans le nez. Je crois que je le lui ai cassé net. En tout cas, je suis sorti de là avec l'impression d'avoir frappé un mur porteur tandis que mon agresseur se tenait le tarin tout en rejouant la scène de l'ascenseur dans *Shining* et, malgré la douleur, je me suis senti fier et fort pour la première fois depuis bien trop longtemps.

Par la suite, j'ai porté plainte, lui aussi, d'ailleurs, et, oui, il a fait précisément ce qu'il avait prévu depuis le début : il a ruiné ma vie. Il a bousillé pour moi toute perspective de travailler dans une autre firme de ma branche, m'a fait passer pour un menteur et un manipulateur (parce que bon, qui pourrait croire un homme qui porte plainte pour harcèlement contre un autre homme, hein ?) et j'ai plus ou moins tout perdu, y compris ce qui me faisait le plus peur, ma réputation et mon intégrité auprès de mes pairs. Mon père m'a soutenu, tout comme ma sœur, Vera, bien entendu, et c'est pour cette raison que j'ai quitté le peu qu'il me restait pour les rejoindre dans ce trou paumé au milieu de nulle part sur le toit du monde : Banff.

Niveau job, je n'ai pas eu à tergiverser tant que ça : peu tenté par l'idée de me reconvertir en conducteur de chasse-neige ou en moniteur de ski, je me suis tourné vers ce qui aurait dû être mon premier choix si je m'étais montré un peu moins matérialiste après l'université. J'ai toujours rêvé de devenir écrivain ; j'écris depuis longtemps, en réalité, mais juste pour moi, dans mon petit coin, et je me suis dit que je pourrais me lancer dans le grand bain, mettre en forme les innombrables histoires que j'ai dans la tête et qui se contentent à l'heure actuelle de dormir au fond de mon disque dur. Ça ne paie pas vraiment mes factures, en ce moment, mais heureusement pour moi, avec l'ancien boulot que j'exerçais et les économies substantielles qu'il m'a permis de mettre de côté au fil des années, j'ai gentiment amassé assez d'argent pour tenir, je dirais, un an... ce qui, en réalité, va néanmoins passer plutôt vite puisque j'ai déjà épuisé la moitié de mon quota. Tous mes espoirs reposent sur mon premier roman abouti, que j'espère pouvoir terminer pour janvier. C'est donc avec une angoisse certaine que je me rends compte que je me suis fait cambrioler, parce que la seule chose importante dans ce chalet, c'est mon ordinateur, dans lequel je conserve tout mon travail. Devant moi, la porte est grande ouverte et je reste littéralement tétanisé dehors devant chez moi.

Un soupir las s'échappe de mes lèvres et je regarde la volute de condensation s'élever dans l'air glacial avant de disparaître. J'ai toujours mes sacs de courses au bout des bras et, même si je commence à me transformer gentiment en glaçon géant, je reste figé, sous le choc, par anticipation de ce que je m'apprête à constater. Presque comme si je me disais « Tant que tu ne verras pas les dégâts, il est possible que ça ne soit en réalité jamais arrivé ».

Autour de moi, c'est plutôt silencieux ; mon chalet est loin de tout – à Saint-Clinclin-des-Meumeu comme disait ma grand-mère maternelle québécoise – la neige qui recouvre le paysage, autour de moi, absorbe les petits bruits aux alentours ; seule la forêt, derrière ma maison, manifeste un semblant de vie, et puis, évidemment, moi, vu que je claque des dents assez fort pour donner l'impression qu'un contingent de militaires est en train de s'entraîner à la mitrailleuse lourde.

Mon téléphone qui se met brusquement à sonner me fait sursauter si fort que je pousse un cri ridicule et laisse mes courses s'échapper dans la neige. Tout dégringole au sol tandis que je secoue mes mains gelées pour y faire revenir mon sang et évacuer ma montée de stress. Il me faut un temps considérable, ridicule même, pour virer mes gants beaucoup trop fins pour la saison, les coincer sous mon bras, déboutonner mon manteau, puis ouvrir mon sous-manteau et atteindre enfin une de mes poches intérieures.

C'est ma petite sœur, Vera.

— Salut, la blonde.

— Hé, l'idiot du village, ça va ?

Nous sommes comme ça, elle et moi, on s'envoie des noms d'oiseaux dans la tête en permanence, mais affectueusement, parce qu'au final, on s'aime sans réserve, à notre façon bien à nous.

— Là tout de suite, pas vraiment, non.

— Qu'est-ce qu'il se passe ? répond-elle en état d'alerte immédiat.

— Je crois que je me suis fait cambrioler, grogné-je.

— Cambrioler !!!

Je n'ai pas le temps de répondre que j'entends des bruits étouffés dans mon téléphone et que la voix bourrue de mon père résonne à l'autre bout.

— Hersch ? Qu'est-ce qu'il se passe ?

— Je crois que je me suis fait cambrioler, répété-je en rajoutant un soupçon de *drama*.

— Comment ça ? Tu es où ?

— Je suis devant chez moi, mes courses sont par terre, quoi que comme ça au moins, ça reste au frais, et ma porte est ouverte.

— Et toi, tu restes devant comme un con !?? s'énerve mon paternel.

— Hé !

— Désolé, Hersch. Bon, ne bouge pas, j'arrive. Retourne dans ta voiture, et verrouille-la, il y a peut-être encore quelqu'un à l'intérieur ou dans les parages.

Mon père raccroche sans que j'aie le temps de dire que c'est parfaitement ridicule, sauf qu'au bout de quelques instants, le silence devient vite oppressant ; je m'attends presque à ce qu'un ours surgisse de derrière les arbres pour me bouffer (parce que c'est bien connu, les ours sont des cambrioleurs potentiels très probables) et comme le parfait froussard que je suis, je me mets soudain à courir, puis m'enferme dans ma voiture, que je m'empresse de fermer à clé de l'intérieur avant de la démarrer, parce que j'ai l'impression d'être au bord de l'hypothermie.

Je me rends compte maintenant à quel point je suis frigorifié, parce que la vie semble revenir dans mes extrémités engourdies par le froid glacial et, lorsque je regarde mon tableau de bord qui affiche toujours une température de -15°C, je me demande vraiment pourquoi je suis revenu vivre dans ce trou paumé qui, dès le mois d'octobre, disparaît sous la neige et dans lequel, quand on a -15 en pleine journée, on s'estime plutôt content. Enfin, les autres. Parce que moi, aujourd'hui, il va me falloir mieux que ça pour me remonter le moral.

Sawyer

Cette journée aurait dû être calme, comme la plupart du temps ici, d'ailleurs. On ne peut pas dire que le quotidien de la région soit des plus mouvementés, et ça me va très bien : c'est aussi pour ça que j'ai migré ici il y a un peu plus de quatre ans, je préfère amplement mon nouveau poste que celui que j'occupais à Edmonton.

Initialement, j'avais donc prévu de rester les pieds devant le chauffage et de passer ma matinée payé à ne rien foutre. Le meilleur job du monde. J'avais même l'intention, pendant ma pause repas, de me regarder un bon film de Noël dans l'ambiance de cette fin d'année, et quoi de mieux que le meilleur d'entre eux sans discussion possible (le *seul*, même, à la réflexion ; après tout, Noël, c'est seulement bon pour les gosses et les royalties de Mariah Carey) : Die hard. Mais non... tous mes autres subordonnés sont déjà de sortie, parce que, oui, c'est moi le boss, et que je n'ai pas gravi les échelons à la sueur de mon front pour aller me cailler les couilles dehors en plein mois de novembre alors que je peux envoyer les autres à ma place... sauf... que le téléphone a sonné, foutant mes plans en l'air.

Me voilà réduit à devoir enfiler tout l'attirail pour ensuite extraire mon cul tout engourdi du confort de mon fauteuil, au poste. Je jette alors un œil vers mon berger allemand, qui roupille, pour changer. *Tel chien, tel maître.* Le sifflement que je lui envoie le réveille aussitôt.

— Hé, Meatball[1], on sort ?

Le jappement qu'il lâche en me regardant avec son inimitable air d'abruti veut tout dire : il a autant envie de se geler les pattes que moi.

— Allez, on bouge, que tu le veuilles ou non. Pas de raison que j'aille me peler les raisins tout seul.

Quand j'ouvre la porte, je me prends ce maudit froid en plein dans la tête tel un uppercut artistiquement placé. Je me fais alors la réflexion que si cet endroit est d'ordinaire aussi calme qu'un cimetière à cette saison, c'est quand même pour une bonne raison. Meatball s'élance dehors, lui, toute appréhension oubliée, et saute dans un énorme tas de neige en remuant la queue.

— Ta gueule d'enterrement, c'était pour faire genre, en fait ?

Cet idiot se retourne dans ma direction et me rejoint à grand renfort de sauts de cabri parfaitement ridicules. Ce chien est un clown absolu, et un morfal dans des proportions identiques. Il s'appelle Meatball, parce que lors de son premier soir à la maison, alors qu'il n'était âgé que de quelques semaines, j'ai commis la grave erreur de le laisser seul le temps d'aller sous la douche ; en revenant, je l'ai retrouvé la tête dans le plat de boulettes de viande que j'avais préparé (pour *moi*, ça va sans dire), de la sauce tomate jusqu'aux oreilles et arborant le même air parfaitement crétin dont il a aujourd'hui encore le secret.

Je rejoins précipitamment ma voiture de service, puis laisse monter Meatball en premier avant de m'installer à ma propre place.

Il me faut un petit quart d'heure pour monter jusqu'au chalet dans lequel un cambriolage aurait eu lieu, ce matin. C'est Joseph Richter, le propriétaire d'un des restaurants de barbaque de la ville, qui m'a appelé pour me le signaler. Son fils, que je n'ai jamais vraiment croisé (et qu'en toute franchise je n'ai pas tellement hâte d'aller rencontrer puisque je lui dois un aller-retour au pays des culs gelés), pense s'être fait voler des affaires chez lui. Joe, que je connais, lui, relativement bien, m'a dit qu'il devait aller bosser, mais que le gosse restait pour m'attendre. Je ne sais pas à quoi m'attendre, si c'est le petit larcin

---

[1] Boulette de viande en français.

d'opportunité d'un mec passé là par hasard et qui s'est servi, ou si c'est bien plus compliqué que ça. Les cambriolages ne sont pas rares dans les parages, mais, en général, ils se passent plutôt en ville et ce sont plutôt les magasins, les cibles privilégiées.

La route qui mène au chalet est sinueuse et monte gentiment à flanc de montagne. Je ne comprends pas vraiment cette envie d'aller vivre aussi loin de la ville. On n'est pas à la campagne des bisounours ici, les hivers sont rudes, il y a des bestioles partout et ça peut être un vrai merdier pour avoir le câble. Ou Internet. Ou de l'électricité après un blizzard. Ou moins de trois mètres de neige après le même blizzard. Je pourrais continuer encore longtemps. Je ne vais pas le faire, mais je pourrais. Le fils Richter ne doit pas avoir plus de trente ans, vu l'âge canonique de son bougre de vieux, donc je me demande ce qui peut pousser un mec aussi jeune à aller se planquer là-haut. Il est peut-être asocial, ou alors, fêlé... ouais, fêlé, c'est le plus plausible.

Lorsque j'arrive enfin à bon port, je remarque qu'un homme, dont je vois à peine le visage à cause de son bonnet rabattu presque jusqu'à ses yeux et de l'écharpe qui monte jusqu'à son nez, est assis dehors, sur les marches qui mènent au porche. Je vérifie le tableau de bord de ma voiture et oui, il fait bien -15°C tandis que ce crétin reste dehors. En me voyant, il se lève d'un geste mal assuré. C'est déjà un miracle en soi qu'il ne se soit pas viandé comme un malpropre tant ses jambes doivent être gelées. Il me rejoint ensuite au pas de course (quand je dis *pas de course*, il faudrait plutôt imaginer un type essayant de continuer à courir pendant qu'il se prend un tir de Taser dans le joufflu). Malgré l'absurdité de sa démarche, j'ai à peine mis un pied dehors qu'il me saute déjà pratiquement dessus.

— Oh, Seigneur, merci, vous êtes là ! C'est mon père que vous avez eu au téléphone, je ne savais pas quoi faire, je n'ai pas osé rentrer et toucher quelque chose qu'il ne fallait pas avant que vous arriviez, mon père m'a proposé de rester jusqu'à ce que vous soyez là, mais il a du boulot, je ne voulais pas le retenir plus longtemps, mais en tout cas, on m'a bien cambriolé et...

— Stop.

Il va me claquer dans les doigts, ou quoi ?! Sans déconner. On dirait une musaraigne qui serait tombée dans un flacon d'amphètes.

— Par... pardon ?
— On va reprendre depuis le début. Vous êtes ?
— Euh... oui, pardon, je suis Herschel Richter, c'est mon père que...
— Merci, j'ai compris, ça.
— Euh... ah... oui, bien sûr.
— C'est chez vous, ici ?
— Oui, j'habite là depuis pas très longtemps, en fait, je...
— J'ai pas besoin de votre C.V., le coupé-je avant qu'il ne reparte dans tous les sens. Vers quelle heure avez-vous constaté qu'on vous avait cambriolé ?
— Il y a une demi-heure, trois quarts d'heure, peut-être, je n'ai pas fait attention.
— Des affaires ont disparu ?

Je ne comprends pas trop la grimace qu'il fait jusqu'à ce que je réalise qu'il se retient en réalité de pleurer.

Putain de bordel, le fêlé est *sentimental*, en plus.

— Mon ordinateur.

Je me retiens de lever les yeux au ciel, parce que je trouve toujours pathétique que des gens se retrouvent au bord de la syncope quand il arrive quelque chose à leur téléphone portable ou leur ordinateur chéri.

— Je vais aller jeter un coup d'œil.

Je fais signe à Meatball de rester dans la voiture et de ne pas bouger, puis ferme la portière avant de me diriger vers la maison, le gamin derrière moi. La porte est grande ouverte. Je l'inspecte de mes mains gantées pour voir si la serrure a été forcée, mais rien ne semble abîmé. Elle était déverrouillée, c'est certain.

J'envoie un regard de remontrance au jeune propriétaire inconscient, derrière moi. Non, mais il se rend compte de ce qu'il fait !? Il pense à sa sécurité, bon sang ? Je sais qu'on est au Canada, mais quand même.

— J'avais oublié de fermer à clé, me répond-il alors en croisant les bras et en tentant sans grand succès d'afficher un air de défi, confirmant ainsi mes soupçons.

Mais Herschel Richter n'a rien de menaçant. La seule chose qui le rende un tant soit peu imposant, là, tout de suite, est le fait qu'il s'est emmitouflé dans un énorme manteau, et ses yeux larmoyants sont toujours presque la seule chose que je peux discerner. Je ne saurais dire quel âge il a, mais il a l'air bien jeune, et ça irait assez bien avec son idée de sortir sans verrouiller sa porte. Je veux bien admettre qu'on ne vit pas dans un pays très dangereux, mais son chalet est vraiment paumé, il n'y a rien aux alentours à part des ours plein la forêt, qui se laissent parfois tenter par une petite virée près des maisons, tant qu'ils n'ont pas attaqué leur hibernation, et laisser son domicile ouvert comme ça, c'est indéniablement stupide. J'ai juste envie de le secouer pour lui remettre les neurones en place, mais je préfère m'abstenir de lui envoyer une repartie décapante et me contente d'entrer. Toutefois, un raclement de gorge m'arrête alors que je n'ai fait qu'un seul pas dans la pièce principale.

— Vos bottes, s'il vous plaît, me lance-t-il alors avec tout le naturel d'une mère de quatre gosses à l'heure du retour de l'école.

Il plaisante, non ?

Il rêve s'il pense que je vais faire un effort pareil. Et pourquoi pas mettre des patins, pendant qu'il y est ? De toute façon, je n'ai pas l'intention de faire le tour du propriétaire. Sans lui prêter la moindre attention, je lance distraitement un « elles ne seraient pas à votre taille, mon petit », puis pénètre un peu plus dans la petite pièce principale, avec mes bottes, en entendant avec une certaine délectation le gosse lâcher un soupir agacé derrière moi.

Mes yeux font le tour de l'espace, il n'y a pas à dire, c'est cosy, mais en aucun cas la maison n'a l'air d'avoir été visitée. Tout est ordonné, propre, limite maniaque.

— On ne dirait pas comme ça, mais je vous jure qu'on m'a volé des affaires.

Je jette un petit coup d'œil derrière moi pour observer Herschel.

— Je vous *jure* !

De là où je suis, je termine mon inspection sommaire avant de me retourner vers lui.

— Qu'est-ce qui vous manque ?
— Mon ordinateur...
— Mais encore ?
— Euh... mon tee-shirt favori.

13

Je n'arrive pas à retenir le pouffement de rire qui s'échappe malgré moi d'entre mes lèvres.

— Vous trouvez ça drôle ! s'énerve-t-il alors.

— Bon, monsieur Richter...

— Herschel, s'il vous plaît, monsieur Richter, c'est mon père.

— Je disais donc, *monsieur* Richter... *junior*, est-ce que vous pouvez passer au poste dans l'après-midi pour signaler le cambriolage ?

— Euh... oui.

— Très bien.

Je sors mon téléphone et prends quelques photos de la porte, pour le dossier, avant de quitter la maison et me diriger vers ma voiture, mais j'entends alors des pas précipités derrière moi.

— Attendez... Vous n'allez rien faire de....

Je pivote de nouveau vers lui et le vois dévaler les petites marches de son perron, mais il se prend à moitié les pieds dans je ne sais quoi et manque de s'étaler, se rattrapant in extremis à la rambarde.

— ... de plus ? finit-il. Enfin, je veux dire... vous ne relevez pas les empreintes ? Ou autre chose, je sais pas, moi !

Je suis bien incapable de lui cacher mon amusement.

— On en parlera tout à l'heure, lancé-je avant de monter dans ma voiture sans lui laisser le temps de reposer encore des questions débiles. Non, mais il s'est cru où ? Dans un épisode des Experts, ou quoi ?

L'air outré que j'arrive à discerner sur le peu de son visage que laisse voir sa tenue m'amuse plus que ça ne le devrait. Je ne peux absolument rien faire de plus de toute façon, je n'ai pas à ma disposition une équipe d'enquêteurs pour ce genre de petit délit, surtout si le voleur s'est contenté de lui tirer son MacBook et son doudou. Autant dire que les empreintes, on pourrait se les tailler en biseau. La meilleure option qu'il lui reste, c'est encore de venir déposer plainte et d'envoyer le tout à son assurance pour qu'il soit dédommagé. Je compatis, ce n'est franchement pas drôle, à n'en pas douter, mais hélas, il n'y a rien à faire de plus.

Chapitre 2
29 novembre

Herschel

Lorsque je me gare devant les locaux de la GRC[2], je suis remonté à bloc. Ce matin, j'étais encore sous le choc et je n'ai pas su trouver l'énergie nécessaire pour réagir, mais cet officier… peu importe son nom, vu qu'il n'a même pas pris la peine de se présenter, s'est comporté comme un… crétin de première, pour rester poli. Je rejoins rapidement l'entrée et m'y engouffre sans tarder, bien décidé à en découdre. Et aussi un peu, en toute franchise, parce qu'il fait bien meilleur à l'intérieur que dehors.

J'aurais dû m'enfuir en Floride, au soleil, en fait. Même si je ne suis pas entièrement certain que les alligators soient préférables aux ours et aux élans, tout compte fait.

Lorsque je referme derrière moi, je suis accueilli par un concert d'aboiements, et c'est l'énorme chien que j'avais aperçu dans la

---

[2] Abréviation pour la Gendarmerie Royale du Canada (appelée aussi RCMP Royal Canadian Mounted Police) : corps policier canadien. Ce n'est pas comme la gendarmerie en France, qui elle est purement militaire. Au Canada, ce corps est à la fois une police fédérale et territoriale. Dans la GRC, les grades inférieurs des policiers sont inspirés de l'armée (sergent, caporal, etc.) ; alors que les officiers ont plutôt inspirés, eux, de l'administration civile (inspecteur, commissaire, etc.)

voiture de ce rustre de policier qui me fonce maintenant dessus. Je fais un bond en arrière et me retrouve acculé contre la porte d'entrée vitrée.

— Assis, Meatball, gronde alors une voix.

J'ai les yeux rivés sur l'énorme bête à mes pieds, mais je distingue néanmoins la silhouette de l'agent, devant moi, et quand j'ose enfin relever mon regard, presque certain que ce chien ne va finalement pas me sauter dessus pour m'arracher la gorge, je tombe sur l'homme de ce matin, gros manteau en moins, les bras croisés, les jambes légèrement écartées et un demi-sourire que je devine sardonique au coin de ses lèvres.

— Il ne mange personne, sauf si je lui en donne l'ordre. Ou si j'oublie de mettre un couvercle à ce que je suis en train de faire cuire. Histoire vraie.

Je cligne des yeux un peu bêtement à plusieurs reprises, parce que je n'avais pas remarqué ce matin à quel point l'homme était imposant ; son Henley à manches longues pourrait être peint sur lui vu la manière dont il lui colle à la peau. De visage, il n'a rien d'extraordinaire : des cheveux châtains, des yeux noisette assez banals, mais purée, ce corps massif est à se damner, et je suis vraiment le dernier des crétins de me focaliser là-dessus, parce que je dois fournir un effort surhumain pour me souvenir que je suis supposé rester énervé contre ce grossier personnage.

— Et c'est censé me faire peur ? réponds-je.

— Quoi, la partie où il mange les gens uniquement sur instructions, ou bien le fait qu'il n'ait toujours pas compris que le plan de travail était réservé aux humains, monsieur Richter ?

— Herschel, s'il vous plaît. Monsieur Richter, c'est mon…

— … Votre père, oui, vous me l'avez déjà dit ce matin.

— Et vous ne pouvez pas savoir à quel point ça m'enchante quand on ne me laisse pas le temps de finir mes phrases. Et sinon, vous, vous êtes ?

— L'officier qui est venu ce matin chez vous. Vous ne vous rappelez pas ?

Il lève un sourcil narquois dans ma direction et ça m'énerve tout de suite un cran supplémentaire.

— Je le sais, *ça*.

— Alors pourquoi vous posez la question ?
— Je demandais votre *nom*, officier.
Mon interlocuteur baisse alors les yeux sur son chien.
— Meatball, au pied.
— Et votre prénom, c'est Meatball, ou Aupied ? l'asticoté-je à mon tour.
Parce qu'on peut être deux à jouer à ce petit jeu.
Je m'attends à une remarque acerbe, mais il ne fait que grogner (un vrai grognement d'homme des cavernes, assez raccord avec son personnage jusqu'ici) et disparaît dans la pièce qui doit être son bureau, sans un regard en arrière ni la moindre explication, avec son chien qui le suit... oui, comme un vrai toutou, et m'ignore tout aussi superbement que son maître.
Logique, hein ?
Je suis vraiment à deux doigts d'exploser devant un tel manque de respect, mais je suis arrêté dans mon élan quand je l'entends parler dans l'autre pièce, assez fort pour que je l'entende.
— Vous venez, oui ou non ?
Que quelqu'un me donne la force de me retenir de commettre mon premier meurtre, ici et maintenant.
J'arrive dans son espace de travail et, bien sûr, je ne peux pas faire une entrée digne de ce nom puisqu'à peine la porte franchie, je ne fais pas attention, donne un coup de coude dans un gros tas de classeurs posés en équilibre sur un meuble, et manque de tout faire tomber. Je rattrape tout ce bazar un peu maladroitement. Quand je me tourne vers mon interlocuteur, l'homme est installé derrière son bureau. Il observe la scène avec un rictus à moitié amusé, avachi sur son siège basculé en équilibre contre le mur du fond, les mains croisées sur sa tête, ce qui fait ressortir considérablement ses bras massifs.
Ne fixe pas là-dessus, idiot !
Je prends le temps de me déshabiller, histoire de remettre mes idées en place. J'enlève mon bonnet, mon écharpe, mon manteau et mon sous-manteau en polaire, je galère en m'emmêlant les pinceaux avec toutes mes affaires, mon écharpe m'étranglant à moitié. Après avoir réussi à me dépêtrer de l'ensemble tant bien que mal, j'installe le tout sur ma chaise. Je rajuste mes cheveux en bon ordre, parce qu'ils

ont considérablement poussé, ces derniers temps, et qu'ils s'emmêlent pour un rien. Je remarque alors la plaque, métallique, sur le bureau, affichant « Sgt Sawyer Lundblad », et je ne peux empêcher un petit sourire de satisfaction de faire son apparition.

À nous deux, sergent Lundblad.

Toutefois, lorsque je lève les yeux vers lui, je suis surpris d'observer sur son visage une expression à laquelle je ne m'attendais pas. Il me... fixe ? Les sourcils relevés, la bouche à peine entrouverte...

— Quoi ? J'ai une tache quelque part ? m'alarmé-je en jetant un coup d'œil à mon pull à col roulé.

Il se racle la gorge et le grincement soudain de son siège me fait reporter mon attention sur lui. Je l'observe se réinstaller plus droit sur sa chaise, râler après son chien parce qu'il s'est allongé sur ses pieds et assener une claque à l'écran de son ordinateur hors d'âge quand celui-ci semble ne pas répondre assez vite pour lui en marmonnant un « putain d'antiquité ».

— Asseyez-vous, m'ordonne-t-il alors sans aménité.

— Vous êtes toujours aussi agréable ? osé-je lui lancer sur un ton de défi, en lui obéissant malgré tout.

— Bon... alors, j'ai commencé à remplir mon rapport, commence-t-il sans ni me regarder ni manifester un quelconque intérêt à l'égard de ce que je viens de dire. Mais déjà, vous devez m'épeler votre prénom. J'ai écrit E.R....

— H, le coupé-je.

— Quoi ? soupire-t-il, exaspéré, en levant enfin les yeux vers moi.

— Ça commence par un H. Herschel, H. E. R. S. C. H. E. L.

J'ai droit à un nouveau grognement pour toute réponse alors qu'il tape sur son clavier comme si ce dernier lui devait de l'argent.

Le grognement, parce que *pourquoi s'ennuyer avec des mots quand on peut se contenter de bruits de sanglier ?*

— Bien, racontez-moi tout depuis le début.

— Parce que ça vous intéresse, maintenant ?

— Monsieur Richter, personnellement, et passez-moi l'expression, ça m'en touche une sans faire bouger l'autre, mais c'est mon travail, donc en tant que membre de la Gendarmerie royale, je dois entendre votre déposition pour pouvoir ouvrir votre dossier, et je *fais* correctement mon travail, point barre. Ne serait-ce que pour me débarrasser au plus vite de cette affaire absurde. Donc, si vous voulez bien aller droit au but... Vous n'êtes pas la seule personne dans cette ville à avoir besoin de nous.

— Vous êtes le policier le plus grossier et le plus mal élevé que j'aie jamais rencontré.

— Vous m'en voyez ravi. Et donc, le début ?

— Je ne vous aime pas.

— Je ne vous demande pas de m'aimer, mais de répondre à mes questions. Et vous avez intérêt à vous bouger le cul, parce que je ne suis pas certain de pouvoir me montrer patient encore longtemps. Alors ? *Le début ?*

Je serre les dents et me rends compte qu'à ce petit jeu, il a l'air beaucoup plus fort que moi. Même s'il est absolument infect, je décide de faire ce qu'on me dit – pour une fois – et de répondre, parce qu'il m'intimide un chouïa tout de même, et que s'il existe ne serait-ce qu'une infime chance que ce bourrin mal dégrossi parvienne à retrouver mon ordinateur, alors ça vaut le coup de ravaler ma fierté.

— Je suis parti en ville aux environs de 8h30, je suis revenu... une heure et demie plus tard, je dirais, et je me suis aperçu que ma porte était grande ouverte.

— C'est à ce moment que vous avez constaté qu'on vous avait volé votre ordinateur ? me demande-t-il en écrivant sur le sien sans me regarder et en continuant à taper si fort sur les touches que je m'étonne que son clavier ne se brise pas en deux.

— Non, en réalité, j'ai eu mon père au téléphone par hasard à ce moment-là, et il m'a conseillé de me mettre à l'abri. Je me suis donc réfugié dans ma voiture pour l'attendre.

Le petit ricanement qu'il lâche aurait pu passer inaperçu si j'avais les yeux et les oreilles ailleurs, mais mon regard est rivé sur son visage et je ne manque aucun détail.

— Un problème ? m'insurgé-je.

— Non, rien, conti...

— Vous êtes vraim...

— Et après ? me coupe-t-il à son tour.

— Après, mon père est arrivé et on est rentrés ensemble pour constater les dégâts, dis-je en soupirant. C'est là que j'ai vu que mon ordinateur n'était plus là.

— Et votre… tee-shirt, c'est ça ? Comment vous vous êtes aperçu qu'il n'était plus là, lui ? Vous comptez vos vêtements ?

— Euh… non, il était sorti avant que je parte.

— Et vous ne l'auriez pas, par hasard, posé autre part ?

— Non, je suis certain qu'il était à cette place, parce qu'il y est toujours.

Il lâche une nouvelle fois son écran puis tourne alors son visage dans ma direction et là, clairement, je sais qu'il va me lancer une pique.

— Vous le lavez de temps en temps, quand même ?

À cet instant, je vois rouge, et avec son visage qui se ferme visiblement, il semble soudain comprendre qu'il a peut-être dit la chose de trop.

— Ce tee-shirt, c'était celui de ma mère, j'ai commencé à dormir avec quand elle est décédée, il y a un peu plus de cinq ans, parce qu'il y avait encore son odeur dessus et qu'elle me manquait tellement que je pensais ne jamais m'en remettre. Depuis, je ne peux pas dormir sans, c'est devenu une habitude. Donc oui, je le lave, mais il est toujours dans mon lit, c'est l'équivalent d'une peluche pour les gamins, et oui, vous pouvez vous moquer, si vous voulez, d'un grand garçon de 28 ans qui dort encore avec un doudou. Oh, mais attendez, vous l'avez déjà fait ce matin alors que vous ne connaissiez même pas l'histoire.

Un silence gêné s'installe entre nous et j'ai un instant envie de me recroqueviller dans un coin et disparaître. Je me retrouve au bord des larmes en pensant que ce matin, j'ai perdu ce qui pour moi était le dernier lien que j'avais avec ma maman, et l'ordinateur sur lequel il y avait *tout* mon travail. Il y avait une clé USB sur laquelle je sauvegardais mes manuscrits, mais évidemment, elle était branchée sur le portable avant mon départ.

— Pardonnez-moi.

Il me faut quelques secondes pour retrouver ma langue, parce que je ne pensais pas qu'il allait réagir comme ça. Comme un être humain décent.

— Excuses… Excuses acceptées.

— Donc, votre ordinateur et ce tee-shirt ?

— Oui, il y avait tout mon travail sur ce portable, et aussi une clé USB sur laquelle j'avais tout sauvegardé une deuxième fois, mais elle a aussi disparu.

Et voilà, prononcer à voix haute cette réalité indéniable m'arrache une larme, que je m'empresse de faire disparaître. Je me racle la gorge et reprends instantanément une contenance. Ou du moins, j'essaie.

— Rien d'autre ? Des objets de valeur ? De l'argent ?

— Non.

— Hum.

Hum ??? Qu'est-ce que ça veut dire, *hum* ???

Sawyer

Je reporte mon attention sur mon écran, parce que j'ai du mal à l'observer *lui*. Déjà, parce que le mec est plutôt canon, une fois débarrassé de ses soixante kilos de manteaux, avec ses cheveux un peu longs, noirs, ses yeux presque gris et son visage harmonieux, et ensuite parce que voir son air de chien battu, après sa petite histoire de deuil, je dois bien reconnaître que ça me fait un peu de peine. Je ne prends jamais de gants avec personne, on me qualifie souvent de gros connard froid et sans cœur (ou assimilé), et je vis très bien avec ; je crois que rien ne pourra me changer, toutefois, je veux bien admettre que j'ai peut-être très légèrement abusé en me foutant de sa gueule quand il m'a annoncé qu'on lui avait piqué un tee-shirt.

Derrière ma mauvaise humeur (il y a des jours comme ça, je n'y peux rien), mon cerveau de flic fait quand même son boulot. Fixer l'écran me permet aussi de réfléchir. Ce cambriolage est très bizarre… Pour moi, il n'y a pas de doute, c'est personnel. Celui ou celle qui a fait ça connaît Herschel, j'en mettrais ma main au feu.

— Est-ce que vous avez des ennemis ?

Herschel reste silencieux et quand je tourne la tête vers lui pour m'assurer qu'il m'a bien entendu, il explose de rire.

— Des *ennemis* ?! Vous m'avez pris pour Vito Corleone, sergent ?

— Disons des gens qui ne vous aiment pas, alors.

— Ah, ça. La liste est longue. Mon ex-patron, mon ex tout court, mes anciens collègues…

— Votre ancien boss, il vit ici ?

— Ah… euh, non, du tout, même. À Calgary, en fait.

— Et votre ex-compagne, Calgary, ou ici ?

Son hilarité reprend à tel point que, cette fois, ses yeux sont humides parce qu'il est carrément mort de rire. Ce type passe d'un extrême à l'autre à la vitesse de la lumière. Pour moi qui ai la capacité émotionnelle d'un *caillou* shooté aux antidépresseurs, ça surprend.

— Je suis gay, sergent. Mon ex est un mec. Et non, il ne vit pas ici.

Oh, merde, voilà un détail que je ne voulais absolument pas connaître.

Je dois faire une tête de six pieds de long, parce qu'il ne semble plus du tout amusé, tout à coup.

— Vous êtes homophobe, en plus de tout le reste ?! m'accuse-t-il.

Putain, mais il n'y est pas du tout… mais alors, *du tout*. S'il savait l'image bien salace qui vient de me passer par la tête, il ne me dirait pas ça.

— Absolument pas. Ne faites pas des suppositions absurdes comme celle-ci ou vous risqueriez de le regretter.

Comme par exemple, en te faisant pencher sur mon bureau, là, maintenant, et démontrer à quel point t'es à côté de tes pompes. Même si en vrai, je ne ferais jamais un truc pareil, en tout cas, sur le moment, ce n'est pas l'envie qui manque.

— D'accord, pardon, se renfrogne-t-il.

Je retrouve mon calme.

— Reprenons. Il y a des personnes qui ne vous aiment pas, ici, à *Banff* ?

— Pas que je sache, non. Je sors très peu de chez moi, je vais à la bibliothèque, au restaurant de mon père, pour aider, de temps en temps, et au Starbucks, à l'occasion, ça s'arrête là.

— D'autres anciens amants, alors, ici, je veux dire ?

— On ne peut pas franchement affirmer qu'il y ait des gays à tous les coins de rue, dans cet endroit paumé, donc, non.

Il n'a pas tort, sur ce coup-là.

— Personne, donc ?

— Personne.

Je réfléchis longuement. Hélas, mes compétences vont vite ne plus servir à rien, et je n'ai pas les moyens financiers ni matériels pour mener une enquête approfondie, surtout qu'Herschel n'a rien ; il n'a pas été blessé, et mis à part ses deux objets, rien n'a disparu. Il n'y a même pas eu d'effraction.

— Vous n'allez rien faire, c'est ça ?

— Je vais faire ce que je peux avec ce que j'ai sous la main.

Je termine de remplir le dossier avec le plus de détails possible et lance une impression en priant pour que l'imprimante merdique du poste fonctionne du premier coup. Heureusement pour moi, elle se plie, pour une fois, à ma volonté, et ce sans que j'aie besoin de l'éparpiller façon *puzzle*.

— Tenez, vérifiez déjà les informations personnelles, puis signez en bas et vous pourrez envoyer cet exemplaire à votre assurance ; ils devraient déjà ouvrir un dossier pour vous dédommager. Mais je dois vous prévenir qu'il est fort possible qu'on vous envoie promener, il n'y a aucun signe de forçage de la porte ni de fenêtre cassée, donc c'est votre parole contre... votre parole, en gros.

— Donc, vous me dites que j'ai perdu toute ma vie, là, c'est ça ?

J'aimerais rester stoïque comme je suis si bien capable de le faire d'habitude, mais Herschel Richter arrive à fissurer ma carapace l'espace d'une microseconde, avec ses yeux implorants et sa moue absolument adorable. Je compatis, mais je ne suis pas là pour le réconforter, ni lui raconter des mensonges pour lui faire croire que je vais le sauver, épée et bouclier en main, le cul juché sur mon fidèle destrier – sachant que ce qui s'en rapprocherait le plus, c'est *Meatball*, je vous laisse imaginer la dégaine ; bref, le mec est mal barré.

— Vous avez toujours un toit au-dessus de votre tête, de l'eau chaude pour vous laver, de la bouffe dans votre frigo, un père qui est là pour vous, et toutes vos dents.

— Vous ne comprenez pas, ou vous ne voulez vraiment pas comprendre ?

Oh, si, je comprends.

— Je vais être clair. Avec les éléments que j'ai, c'est comme chercher une aiguille dans une botte de foin. Ne croyez pas que je n'éprouve aucune empathie pour votre affaire, je n'ai juste pas les moyens nécessaires pour partir en croisade et remuer ciel et terre pour vous ramener votre ordinateur. Je ne vais pas non plus commencer à pleurer sur les malheurs de tout le reste du monde, je tiens à ma santé mentale. Je vais toutefois aller poser quelques questions dans les lieux que vous fréquentez habituellement, pour voir si je flaire quelque chose malgré tout, parce qu'encore une fois, je fais mon boulot. Si je peux vous ramener vos affaires, je le ferai, mais je ne veux pas vous donner de faux espoirs, d'où mon discours. Est-ce bien clair, maintenant ?

— Vous êtes affreusement autoritaire, vous le savez, ça ?

— Vous n'avez pas idée.

Non, mais tu me fais quoi, Lundblad ??? *Vous n'avez pas idée* ??? Et pourquoi pas « tu veux que je te montre ? », pendant qu'on y est !

Au loin, j'entends la porte d'entrée s'ouvrir et les voix de deux de mes collègues qui reviennent de leur patrouille. Herschel semble prendre ça comme une invitation à se barrer sans demander son reste et c'est tant mieux, parce que je ne sais vraiment pas pourquoi je suis allé lui chercher une tirade pareille ni pourquoi le ton que j'ai employé était aussi plein de sous-entendus. Je le vois se lever, remettre brusquement ses affaires sur son dos, mais avant qu'il ne parte, je l'interpelle une dernière fois.

— Oh, encore une chose, quand même. Regardez les sites de petites annonces du coin, pour voir si votre cambrioleur serait assez idiot pour essayer de revendre votre portable ici, et appelez-moi si vous tombez dessus, d'accord ?

J'ai droit à un signe de tête rapide avant qu'il ne quitte mon bureau comme s'il avait le feu aux fesses.

— Hé, patron ! me crie Dennis, de loin, vous n'allez jamais le croire, mais Brock s'est fait bouffer le doigt par un raton laveur.

— Putain, Brock, qu'est-ce que t'as encore foutu !? On ne t'a jamais expliqué qu'il ne fallait pas mettre ses doigts dans la bouche des ratons laveurs ?

Le coupable passe la tête par l'embrasure de ma porte.

— Je voulais juste lui filer un truc à bouffer.

— Il voulait surtout faire le mac devant deux petites Suédoises en vacances, crie Dennis derrière lui.

— T'as tous tes vaccins ? demandé-je à mon abruti de subordonné.

— Ouais. Et leur numéro de téléphone, aussi, se marre-t-il.

— Allez, casse-toi, Brock, j'ai du boulot, et va me désinfecter ton putain de doigt avant de te choper une septicémie.

— À vos ordres, chef !

Quel tocard. À peine a-t-il vidé les lieux que je me retrouve à nouveau en train de fixer la copie de la plainte du gosse Richter.

Gosse... enfin, à 28 ans, il n'est plus un gosse...

Contre toute attente et en dépit de tout bon sens, je n'arrive pas à me retirer cette pulsion insupportable qui me pousse à vouloir retourner tout Banff pour lui retrouver son putain de portable et son... Ah, merde, et dire que c'était censé être une journée peinard...

Chapitre 3
1er décembre

Sawyer

Quand j'arrive de bon matin au boulot, c'est pour trouver Herschel Richter devant la porte d'entrée, sautillant sur place pour tenter de se réchauffer. Le soleil vient de se lever et ouais, en effet, ça caille. J'ai à peine ouvert la porte de ma voiture que Meatball saute par-dessus mes jambes, passant à un gros millimètre de m'envoyer un coup de pattes dans les joyeuses, tout pressé qu'il est de rejoindre ce petit emmerdeur tandis que de mon côté, je m'extirpe péniblement de mon siège. À l'origine, j'avais prévu de finir de me réveiller d'ici quarante, quarante-cinq minutes, au chaud dans mon fauteuil et après une ou deux grandes tasses de jus bien chargées en caféine.

Meatball fonce sur Herschel, qui semble ne pas trop savoir quoi en faire.

Ouais, c'est ça, fous-lui la trouille, qu'il décampe au plus vite.

Je suis toutefois étonné quand Herschel, après avoir failli tomber parce qu'il s'est emmêlé les pinceaux avec ses pieds en faisant deux pas en arrière, tend une main hésitante vers mon chien et commence à caresser sa tête quand il a dû réaliser que malgré son absence totale de savoir-vivre, c'est quand même une bonne patte.

Raté pour la tentative d'intimidation.

Je descends de voiture. Je suis bien obligé d'aller le voir, maintenant, mais j'espère pour lui qu'il ne va pas me prendre la tête de si bon matin.

— Oh, bonjour ! Je venais vous voir pour...

— Stop.

— Qu'est-ce... ?

— J'ai dit stop. Par pitié, tu la boucles encore dix minutes, je n'ai pas eu ma dose de café.

— Tu ? Boucler ?! Non, mais...

Je ne l'écoute même plus et déverrouille la porte du poste avec mon énorme trousseau de clés. Herschel continue de déblatérer tout un tas de conneries derrière moi alors que je rentre comme si de rien n'était. Je m'attends à ce qu'il me suive, mais il reste sur le palier en irradiant des ondes de colère dans ma direction. Il est plutôt craquant quand il est énervé, mais jamais je n'exprimerais à voix haute les pensées bien crades que son coup de gueule m'évoque ni ce que je pourrais faire avec ce tempérament ; et je n'ai même pas besoin de fermer les yeux pour voir tout ça défiler dans ma tête en son et lumière. J'ai néanmoins encore assez de self-control pour savoir me tenir, du moins en apparence. Je reviens sur mes pas et le chope gentiment par le coude.

— Mais lâchez-moi ! râle-t-il.

Je l'emmène avec moi jusqu'à mon bureau, ma main le tenant doucement, mais fermement, puis, sans aucune délicatesse, parce qu'il continue à se plaindre, l'assieds sur la chaise qu'il occupait deux jours auparavant. Il s'apprête à parler encore, mais je me penche vers son visage et pointe mon index vers lui.

— Plus. Un. Mot. Compris ?

Il semble enfin accepter de la fermer. Putain, j'espère que le café va suffire.

— Meatball, garde, lui ordonné-je.

Tandis que je vois mon chien se poster en face d'Herschel pour le surveiller (il a beau lui manquer quelques cases, c'est une putain de machine de guerre quand on lui donne les bons ordres), je rejoins la salle de pause et fais démarrer la machine à café pour me servir ma dose, et comme je ne suis pas non plus dénué de tout sens de l'hospitalité, je prends une deuxième tasse pour en préparer une à l'intention de mon invité surprise du matin. De retour dans mon bureau, mon infatigable emmerdeur a retiré son attirail d'explorateur polaire et me dévisage. Étonnamment, il n'a plus l'air aussi énervé, et quand je lui donne le café que j'ai versé pour lui, il m'offre même un *merci* du bout des lèvres.

Je n'ai toujours pas les yeux en face des trous. Cette nuit, une femme et ses deux enfants ont eu un accident ; la mère de famille a perdu le contrôle de sa voiture sur la route gelée et s'est retrouvée dans le décor. Par chance, tout le monde va bien, enfin, mis à part un poignet cassé pour la maman, et ils sont tous sains et saufs, mais avec les services d'urgence, on a passé une bonne partie de la nuit à tenter de sortir tout le monde du ravin. J'ai dormi en tout et pour tout deux heures et je sais pertinemment que pour tenir le coup, je vais avoir besoin de l'équivalent en caféine de la consommation annuelle de l'état d'Alberta.

Alors que je sirote ma boisson chaude, je remarque qu'Herschel a opté, aujourd'hui, pour un pull vert de Noël orné de rennes mi-kitsch, mi-craquants, mais quand je réalise le détail de ce que je suis en train d'observer, j'avale une gorgée de travers et manque de m'étouffer.

— Putain, mais ils sont en train de baiser ! observé-je d'une voix enrouée.

Herschel jette un œil sur son propre torse et sourit.

— Oh, ça ? Oui, en levrette. C'est bien fait, hein ? On ne le voit presque que si on le sait. J'en ai un autre où c'est trois rennes emboîtés, cette fois-ci, mais les gens ne font pas attention, en général, ce qui est plutôt drôle.

— Tu te fous de moi !

— Je ne crois pas vous avoir autorisé à me tutoyer, sergent.

— J'ai pas besoin d'autorisation, pouffé-je en terminant mon café, et c'est toi qui m'as répété sans arrêt de t'appeler Herschel et pas Richter Junior.

— Très bien, Sawyer.

Oh que non, chéri.

— *Sergent Lundblad,* un peu de respect, s'il te plaît.

— C'est donnant-donnant, serg...

— Bon, que me vaut cette nouvelle visite ? le coupé-je.

— Je viens voir si vous avez des informations sur mon cambriolage.

— Non.

— Non, quoi ? Vous ne voulez pas en parler ?

— Non, je n'en ai pas.

— De quoi ? Des informations ?

— C'était la question, non ?

— Oui.

— Donc, non.

— Si, c'était la question, dit-il, l'air perdu.

— Donc, je réponds, c'est non.

— Je ne comprends plus rien.

Le sourire qui essaie de forcer le passage sur mes lèvres est difficile à éviter. Herschel fronce le nez et se mord la lèvre inférieure comme s'il se repassait notre conversation dans l'ordre et, encore une fois, je le trouve plutôt bandant. Je pourrais le laisser mijoter encore un peu, mais je n'ai pas l'énergie, aujourd'hui.

— Je n'ai rien trouvé parce que j'ai eu autre chose à foutre, figure-toi.

— Votre langage, Sergent, soupire-t-il, c'est une catastrophe.

— D'une part, rien à branler. Et d'autre part, c'est quand même l'hôpital qui se fout de la charité. Je ne porte pas de pull avec des rennes qui s'enculent dessus, moi.

J'ai l'impression d'halluciner un instant, mais non, Herschel est bel et bien en train de rougir. Il s'éclaircit la gorge et se redresse sur sa chaise.

— Je suis venu pour rien, alors.

— Exactement. À part peut-être faire prendre l'air à ce pull d'anthologie. Bonne journée, *Herschel* avec un H.

Le petit sourire qui apparaît à son tour sur son visage n'augure rien de bon. Je m'apprête dans mon élan à lui demander ce qu'il peut bien trouver de drôle à la situation, maintenant, mais je suis coupé quand il sort du sac à dos, à ses pieds, que je ne remarque que maintenant, un livre dont la couverture affiche deux mecs, carrément en train de se la donner grave, avec des bonnets de Noël sur la tête. Avec *seulement* des bonnets de Noël sur la tête.

Ce mec n'a aucune limite ou quoi ?

— Tu fais quoi, là ?

— Je patiente jusqu'à ce que vous vous y mettiez. J'ai amené de la lecture en attendant.

— Dehors, grondé-je.

— Non.

Il se fout de moi, ou quoi ?

— Tu te fous de moi, ou quoi ?

Il ouvre alors son livre, croise les jambes et se met à bouquiner avec le naturel d'une gentille grand-mère sortant son tricot dans la salle d'attente du médecin. Je reste comme un con. Pour la première fois de ma vie, je ne sais pas quoi dire, quoi répliquer. Herschel Richter, en plus d'être sexy, est plein de surprises. Sa frêle carrure, qu'il dissimule derrière ce pull immonde et indécent, cache, en fin de compte, un sacré caractère. Comme je suis à court d'idées – autre que me lever, le choper sur une épaule et m'exercer au lancer de poids dans la neige – j'opte pour une approche plus simple.

— Tu lis toujours des bouquins de cul devant les gens ?

Il soupire tout en gardant les yeux sur son livre.

— C'est de la romance, pas un bouquin de...

— Il y a des mecs à poil sur la couverture, statué-je en montrant l'objet du délit.

— Ils ne sont pas *à poil*, enfin, ils ont un bonnet.

— Mais ce n'est pas un livre de cul ?

— Oh, c'est érotique, clairement, d'ailleurs, là où j'en suis, c'est plutôt croustillant.

— Croustillant ?

— Oui, croustillant.

— Mais *qui* parle comme ça !?

— Moi, en l'occurrence. Je n'aime pas la vulgarité et dans mes livres non plus. J'essaie toujours d'écrire des scènes érotiques avec le plus de jolis mots possible.

— Hein ? Comment ça, « j'essaie » ?

Il consent enfin à me regarder de ses yeux gris qui, je vais l'admettre une nouvelle fois, sont magnifiques.

— Je suis écrivain, et oui, j'écris de la littérature érotique.

— Des romans gays ? osé-je demander.

— Oui, c'est ça.

Et là, la lumière se fait.

— Quand tu dis qu'il y a tout ton travail sur ton ordinateur, c'était au sens littéral, alors. Ce sont tes manuscrits sur ton disque dur ?

— Exactement, sergent, vous comprenez donc pourquoi il est vital pour moi de récupérer mon travail.

Je ne peux qu'acquiescer, mais mes yeux se portent encore une fois sur le livre, sagement posé sur les genoux d'Herschel, et ça m'intrigue. Je me demande bien pourquoi il se fait chier à lire ce genre de bouquins alors qu'un bon porno et le tour est joué. Pas d'efforts particuliers, de l'instantané, un bon lubrifiant et…

— Je peux vous conseiller, vous savez.

— Me conseiller à propos de quoi ? sursauté-je.

— Une bonne romance MM.

— MM ?

— Mâle-mâle. Une romance gay, donc. Entre hommes.

J'ai l'impression que mes deux yeux sortent soudain de leurs orbites. Les cons.

— Non… mais… j'ai pas… j'ai pas besoin de livres de cul…

Putain, merde, quoi ! Il tâte le terrain ou quoi ?!

Il ne me faut que quelques secondes pour exploser. Littéralement. Pourquoi ? J'en sais foutre rien.

— Bon, ça suffit ! Dehors, tu n'as rien à foutre dans mon bureau, je t'appellerai quand j'aurai du nouveau pour ton affaire ! Allez. Du balai ! Tu prends tes rennes, tes mecs et tes bonnets, et vous allez voir ailleurs si j'y suis ! Non, mais sans blague.

Herschel

Je me retiens de rire. Le sergent Lundblad vient de perdre toute crédibilité en un instant et mon petit doigt me dit, ou plutôt, mon *gaydar* de compétition me dit, que l'homme ne serait peut-être pas si hétéro que ça, au final. Je dirais bi au minimum, 100 % gay avec un peu de chance, parce que sa réaction est démesurée et que je ne crois pas qu'il ait l'habitude de perdre ses moyens très souvent. Sa dernière tirade, censée me faire peur j'en suis sûr, tombe à plat. Il est hors de question, de toute façon, que je bouge de cette chaise tant que le sergent – ne pas l'appeler Sawyer dans ma tête... ne pas l'appeler Sawyer... – ne me montrera pas qu'il s'occupe *activement* de mon problème.

— Je n'ai pas été assez clair, peut-être ?
— Limpide. Mais je ne bougerai pas d'ici. Je ne peux pas travailler sans mon ordinateur.

Le coup de poing fracassant qui s'abat sur le bureau nous fait sursauter, son chien et moi. Le sergent Lundblad me scrute comme s'il passait en revue tous les moyens de se débarrasser d'un corps. Ce ne serait absolument pas difficile pour lui, je suis à peu près aussi grand – il me manque quelques centimètres, c'est tout –, mais infiniment plus gringalet et il pourrait probablement me broyer la cage thoracique rien qu'avec ses bras. Lorsqu'il se lève d'un bond, là, j'ai peur, d'un seul coup. Je me rencogne encore plus dans ma chaise, comme si ça allait m'éloigner de lui et de sa fureur.

À quelques centimètres près, ça joue, non ?

Alors que je pense qu'il va me foncer dessus, et que je me prépare mentalement à l'impact, il passe derrière moi en trombe et sort de son bureau. Meatball, son chien, relève la tête et jappe.

— Couché ! l'entends-je crier de loin.

Puis il revient avec une espèce de petit fauteuil dans les bras, qu'il passe par-dessus ma tête comme si ça ne pesait rien du tout, avant de l'installer de son côté du bureau, mais un peu en retrait, derrière lui.

— Ici. Tout de suite, lance-t-il en me montrant le siège du doigt.
— Je ne...

— J'ai dit *tout de suite*.

Là, j'entends bien que j'ai intérêt à la boucler. Il ne me demande plus de dégager, donc autant ne pas le chercher davantage. Je me lève en prenant toutes mes affaires dans mes bras, dans un amoncellement précaire qui est à deux doigts de tomber, et pars m'asseoir là où il m'a ordonné d'aller. Je ne sais pas trop ce qu'il se passe, je crois même que j'arrête de respirer lorsqu'il se rassied à son tour à sa place, puis je me rends brusquement compte que je suis en réalité très près de lui, et que les effluves d'un parfum particulièrement agréable atteignent mes narines.

— Est-ce que je peux parler ? osé-je demander.

Il ne répond rien. Il se contente juste de sortir des papiers et de se mettre à travailler.

— Je peux savoir...

— Lis ton livre en silence.

— Mais... ?

— On ira faire un tour en ville en fin de matinée. J'ai du boulot pour l'instant, alors tu la boucles et tu lis ton livre. Si t'as besoin de te branler à cause des rennes ou des bonnets, les toilettes sont au bout du couloir à droite.

— Je vais me répéter, mais vous êtes vraiment le policier le plus antipathique, le plus inconvenant et le plus grincheux que j'aie jamais connu.

Et incroyablement attirant par-dessus le marché.

Il ne répond toujours rien d'autre qu'un vague grognement et gribouille sur un calepin. Je ne peux pas distinguer son visage, de là où je suis, mais j'ai le loisir de voir son dos bouger à travers son pull aux couleurs de la GRC, au gré de ses mouvements, et mince, il n'est absolument pas éduqué, mais qu'est-ce qu'il est sexy, surtout avec sa tenue de flic. J'ai déjà dit que j'aimais les hommes en uniforme ?

— T'en penses quoi, toi ? dis-je en me tournant vers son chien. Ton maître ne te fait pas trop honte ? Il t'a aussi mal élevé que lui l'a été ?

Meatball me fixe un instant avant de se lever de sa place sous le bureau de son maître, de se déplacer jusqu'à moi et s'allonger à moitié sur *mes* pieds.

— Là, t'as raison, c'est plus sympa d'être à côté de moi, lui dis-je en gratouillant le sommet de son crâne.

Sawyer – autant pour ma volonté de ne pas l'appeler par son prénom – semble croire que je ne le vois pas, mais il pivote la tête très légèrement vers moi, me jette un coup d'œil, et je suis presque certain de distinguer, dans ma vision périphérique, qu'il sourit à moitié. Décidément, cet homme est bizarre. Sexy, mais bizarre. *Bizarrement sexy ?*

À peine deux heures plus tard, deux de ses subalternes sont déjà passés le saluer avant de partir en patrouille dans le parc naturel de Banff, d'autres collègues sont arrivés et aussitôt repartis en ville, il a reçu un nombre assez dingue de coups de téléphone, il a sorti Meatball et je l'ai observé en catimini par la fenêtre jouer avec lui, me montrant une nouvelle facette de son personnage et la belle complicité qu'il entretient avec son animal ; pour finir, une femme est venue le voir pour se plaindre de ses voisins. Tandis que je suis au beau milieu d'une scène plutôt *très* chaude, qui me donne clairement des envies pas très catholiques, nous entendons un remue-ménage en provenance de l'accueil. Sawyer se lève en lâchant un soupir d'agacement, et je le suis parce que je suis bien trop curieux pour mon propre bien.

— Hé, boss, regardez ce que j'ramène, s'amuse un des policiers que j'ai vus il y a deux jours, en tirant avec lui un énorme sapin.

— Brock, j'avais dit un sapin, pas un séquoia ! râle Sawyer. Un PETIT sapin ! Pas un truc qui va prendre toute la place dans l'entrée et faire un trou dans le plafond !

— Le vieux Tomas me l'a donné gratis, je ne pouvais pas dire non.

Le jeune homme galère en tentant de redresser l'énorme conifère ; Sawyer l'aide tant bien que mal et ne fait que gueuler (quelle surprise), parce que Brock a deux mains gauches et qu'il manque par deux fois d'éborgner son sergent. Je ris dans mon coin, incapable de me retenir.

— Il faut le décorer. Je vais chercher tout ce qu'il faut dans le garage, s'enthousiasme l'agent, imperméable au torrent d'injures que lui déverse son chef sans discontinuer, tandis que ce dernier rend finalement les armes.

— Sans moi, ces conneries, marmonne Sawyer avant de disparaître dans son bureau.

Brock revient avec un immense carton qui semble avoir connu des jours meilleurs.

— Où est le boss ? me demande-t-il.

— Démerde-toi tout seul, l'entendons-nous crier de loin.

— Dans son bureau, expliqué-je, il joue parfaitement son rôle d'homme des cavernes.

— L'homme des cavernes vous emmerde !!! rajoute Sawyer en hurlant, toujours depuis son fauteuil.

Brock se marre en m'envoyant un clin d'œil.

— Je peux vous aider, proposé-je alors.

— Ah, euh... oui, merci.

— Je suis Herschel Richter, me présenté-je en lui tendant la main.

— Brock Foreman. Vous êtes là pour ?

— Oh, j'attends votre patron, il doit s'occuper d'un truc pour moi, mais il n'a pas l'air décidé, alors comme j'ai du temps, je suis tout à vous.

— Avec plaisir, alors.

Brock Foreman est un homme plutôt séduisant. Mon âge, je pense, très grand, et de carrure moyenne, mais c'est surtout son sourire de charmeur qui lui donne une belle aura. Contrairement au sergent Lundblad qui fait toujours la tête, son subordonné est avenant et drôle. Le sapin est vite décoré avec ce qu'on peut trouver dans le carton, des guirlandes lumineuses et des boules de Noël qui, on dirait bien, ont vu passer plus de guerres que l'industrie militaire américaine. Nous discutons de tout et de rien, mais je lui demande tout de même si ce n'est pas un peu trop tôt pour mettre le sapin, au risque qu'il meure tout desséché avant Noël ; lui m'assure que de toute façon, le commissariat est fermé pendant une bonne semaine autour du 25, même s'ils seront, à tour de rôle, d'astreinte pour gérer leur quart, les locaux ne seront pas ouverts au public. Autant qu'ils fassent le sapin plus tôt pour que tous puissent en profiter. Il m'explique aussi en baissant prudemment le ton que son boss n'est pas fan de cette période, et qu'aussi difficile à croire que ça puisse paraître, il est encore plus ronchon quand vient le mois de décembre.

Presque une demi-heure plus tard, nous sommes stoppés dans notre discussion fort agréable par l'arrivée de Meatball, qui vient quémander des câlins à Brock, et par son maître qui arrive juste derrière.

— En voiture, on y va, ordonne-t-il à je ne sais qui.

— Qui ? Moi ? demandons le jeune flic et moi dans un ensemble plutôt comique.

— Brock, tu es de corvée de téléphone, se contente-t-il de dire. Et tu gardes Meatball.

Je me rends compte de deux choses : premièrement, c'était à moi qu'il parlait, et deuxièmement, je n'ai pas mon manteau. Je m'élance alors en vitesse dans le bureau, récupère mes affaires et prie pour que Lundblad ne soit pas parti sans moi. Quand enfin je m'installe dans la voiture du sergent, non sans m'être emmêlé dans mes affaires, manquant une nouvelle fois de tomber en sortant, je suis satisfait pour la première fois depuis ce fichu cambriolage.

Mon grognon de policier pivote vers moi.

— Qu'on soit bien clair : tu me suis, mais *tu te tais*. C'est moi qui pose les questions, et si ça ne te convient pas, tu peux toujours rentrer chez toi, me suis-je bien fait comprendre ?

Au tout début, je trouvais Sawyer Lundblad intimidant, mais pour une raison que je ne m'explique pas, je me suis rendu compte qu'il aboyait plus qu'il ne mordait, et maintenant, son côté autoritaire me titille plus qu'il ne m'effraie.

— Pourquoi tu souris ?

— Je ne souris pas.

Alors qu'en réalité, si, je souris, je m'en rends bien compte moi-même.

— Ne rêve pas, ça ne veut pas dire qu'on va trouver le coupable en parlant à trois clampins.

— Je sais.

Il se recale à sa place et démarre la voiture.

— N'oublie pas ta ceinture.

— Oui, *chef*.

Chapitre 4
1er décembre

Herschel

En voiture, je reste silencieux tandis que Sawyer nous conduit dans les rues presque désertes de la ville.

Lorsqu'il se gare près de la bibliothèque, je comprends qu'il veut certainement commencer par vérifier s'il ne peut pas trouver des informations auprès des personnes que je côtoie de près ou de loin. Il m'a dit que ça ne pouvait être que personnel, et j'ai beau me creuser la tête, je ne vois personne dans les environs qui me voudrait du mal, puisque je n'ai que mon père et ma sœur, ici. Cela dit, c'est lui le flic, l'expert des enquêtes – du moins, je l'espère – et il a enfin décidé de chercher mon voleur, donc je ne vais pas tout gâcher en ouvrant ma bouche de nouveau (d'autant qu'il m'a spécifiquement précisé de ne pas le faire).

Sawyer descend du véhicule sans me lancer le moindre regard, mais, plus vite que je ne peux réagir, il m'ouvre la porte de mon côté. Je sors à mon tour me demandant bien pourquoi il devient prévenant comme ça, tout à coup. Malgré tout, il ne m'attend pas, et je ne remarque qu'à l'instant que Sawyer a pris son arme de service ; quelque peu alarmé, je veux vite le rattraper pour lui en parler.

— C'était nécess...

Mais je n'ai pas le temps de terminer ma phrase que je glisse magistralement sur une plaque de verglas dans ma précipitation. Je suis à deux doigts de m'étaler par terre, mais un bras puissant me rattrape et je me retrouve, un minuscule instant, plaqué contre son corps imposant.

— Fais attention, bordel.

Il m'aide à me remettre sur pied et je me laisse faire, un peu... choqué ?

Il m'étonne alors lorsqu'il remet mon manteau en place, tout comme mon bonnet, et qu'il resserre mon écharpe. Je veux bien admettre que ça me perturbe un peu. Il passe son temps à me hurler dessus, mais d'une certaine manière, il prend soin de moi. Il m'a offert un café, une chaise confortable, il m'a ouvert la porte de sa voiture, m'a sauvé d'une gamelle mémorable et maintenant, ça. Je suis rapidement coupé dans mes pensées quand il prend la direction du bâtiment sans un mot de plus. À l'intérieur, c'est Jude, une des bibliothécaires, que je connais bien depuis que je passe ma vie ici, qui nous accueille. Sawyer discute longuement avec elle ; il pose aussi quelques questions à deux autres employés que je ne connais, eux, qu'assez peu. Je ne sais pas si c'est parce que je ne suis pas policier, ou bien si je suis trop limité mentalement pour établir des liens, mais les questions ne me paraissent pas très pertinentes, au vu de mon cas.

— Je suis désolé, Herschel, c'est moche, ce qu'il vous arrive, me dit gentiment Jude.

— Oui, mais le sergent Lundblad va me sauver, n'est-ce pas ?

J'envoie un clin d'œil à Sawyer – enfin au sergent... au sergent *Lundblad* – et j'ai droit à un regard en coin en retour. Je me demande même un instant si l'homme ne se retient pas de soupirer d'exaspération pour la énième fois depuis le début de cette journée.

Au bout d'un moment, mon esprit ne focalise plus du tout sur ce qui est dit et échangé. Non, toute mon attention est tournée vers Sawyer Lundblad. Je m'attendais à ce qu'il fasse peur à Jude, qui est la fille la plus douce et la plus gentille qu'il m'ait jamais été donné de rencontrer, mais non ; bien que je sois accaparé par mon ours grognon et terriblement sexy, je vois bien qu'elle partage une partie de mes opinions, car elle flirte un petit peu avec lui. Ça s'entend au ton de sa voix, ça se voit dans la manière dont elle tripote son gilet et ses cheveux.

Malgré sa beauté au final très ordinaire, il semblerait qu'il plaise. No shit, Sherlock.

— Merci, mademoiselle Roy. Surtout, si vous entendez parler d'un manuscrit qui vous paraîtrait suspect, on ne sait jamais, appelez le poste.

Sawyer ne m'attend pas et sort de la bibliothèque. Quand je le rejoins enfin, j'ai l'impression de devoir courir pour avancer à son rythme.

— Vous pensez qu'on voulait voler mon manuscrit ?
— Possible.
— Mais il n'est même pas terminé !
— Et alors ?

Il continue d'avaler le bitume à grandes enjambées alors que je peine, au fur et à mesure, à tenir la distance. Je me retrouve vite hors d'haleine, et je m'arrête, les mains sur les genoux.

— Qu'est-ce que tu fous, bordel ?! entends-je gueuler.

Je relève le nez et aperçois Sawyer revenir, la mâchoire serrée.

— T'es déjà essoufflé ??? On a marché 150 mètres !
— C'est pas *marcher*, ça ! J'ai l'impression d'avoir à me taper trois pas pour chacun des vôtres tellement vous foncez.

Je vois bien qu'il est agacé, mais tant pis, je m'accorde deux minutes pour reprendre une respiration normale.

— Tu n'aurais jamais réussi le concours d'entrée à la GRC, s'amuse-t-il.
— C'est pas beau de se moquer.
— Allez, bouge ton cul, Herschel, on va aller voir au Starbucks.

J'essaie de trouver une bonne réplique à lui mettre dans les dents, mais rien ne me vient, alors je me résigne à le suivre.

Quelques minutes plus tard, nous arrivons au centre commercial qui accueille, à son premier étage, le Starbucks où je vais de temps en temps prendre un café. Mon ventre choisit ce moment précis pour se réveiller en gargouillant d'une façon aussi classe que discrète. Je sors mon téléphone portable pour vérifier l'heure qu'il est, mais j'ai à peine le temps d'esquisser mon geste que je suis tiré brusquement par le bras, et je me retrouve happé sur le côté sans que je comprenne ce qu'il se passe.

— Bordel, tu es toujours aussi distrait !
— Quoi ?!
— Regarde.

Je tourne la tête et remarque qu'à moins de cinquante centimètres de moi se trouve un panneau de signalisation que j'étais à deux doigts de me prendre en pleine poire.

— Si je n'avais pas été là, tu te serais emplafonné là-dedans.

Sauf que ce n'est pas ça qui m'inquiète le plus, mais plutôt le fait d'être collé de tout mon long contre Sawyer et, c'est définitivement confirmé, il sent divinement bon. Je n'ai pas le temps d'en profiter davantage qu'il me repousse sans aucune délicatesse, émet un de ses grognements signatures puis reprend sa marche rapide en direction du Starbucks.

Sawyer

Je me demande vraiment comment il parvient à ne pas passer son temps à l'hôpital tant ce type me donne l'impression d'avoir deux pieds gauches. Ça fait une demi-heure qu'on est dehors, et il a déjà manqué de finir le cul par terre et de se refaire le portrait avec un panneau de signalisation. Sur l'escalator qui monte au premier étage du centre commercial, dans un effort surhumain pour faire abstraction des insupportables chants de Noël qui résonnent dans chaque recoin de l'espace, je ne peux m'empêcher de vérifier qu'il ne va pas *encore* tomber ou se prendre les pieds quelque part.

— Quoi ? J'ai un truc sur le visage ?

Je ne réponds même pas et détourne les yeux. Il n'y a rien, sur son visage, évidemment, non, enfin, si, des iris incroyables, des lèvres pleines et des cheveux assez longs pour pouvoir m'y accrocher ou tirer dessus... Mais ce que je pense, on s'en fout, ce qui compte, là, c'est de finir cette matinée de recherches au plus vite afin de pouvoir retourner à ma tranquillité. Et surtout, loin de cette tentation nommée Herschel.

Au Starbucks, nous sommes chaleureusement accueillis par une jeune femme du nom de Bonnie.

— Bonjour, Herschel, tu vas bien ?

— Salut, Bonnie, je te présente Sawyer Lundblad, il est chef de la police, ici.

— Monsieur, me salue-t-elle avec un brin de formalisme. Que puis-je faire pour vous ?

— J'enquête sur un cambriolage qui a eu lieu mardi matin. Où étiez-vous entre 8h30 et 10h ?

— Euh... j'étais ici, c'est moi qui devais ouvrir la boutique avec Charles, mais il s'est pointé en retard, j'ai eu du boulot jusqu'au cou, et...

— Qui est Charles ? demandé-je, mon instinct de flic instantanément titillé par cette histoire de retard.

— Oh euh... c'est lui, là-bas, me montre-t-elle.

Elle pointe son doigt vers un jeune homme, à l'autre bout du bar, occupé à je ne sais quoi.

— Charles ! l'appelle-t-elle.

Le jeune homme en question lève les yeux de sa tâche quand il entend son prénom ; son regard se porte sur Herschel, devant moi, et son visage s'illumine comme s'il voyait le père Noël. Je pourrais presque voir des petits cœurs exploser au-dessus de sa tête, et puis il me remarque, moi, et devient livide. Le bruit d'un truc qui tombe, derrière moi, me fait tourner la tête brièvement, mais quand je reviens sur le fameux Charles, je le vois déjà en train de décamper comme s'il avait une meute de loups aux fesses.

Putain, non, ça va bien les conneries.

Je m'élance à la poursuite de l'amoureux transi (parce que manifestement, il ne faut pas avoir fait 15 ans d'études en sociologie criminelle pour comprendre à quoi se résume finalement cette affaire). Je cours plutôt vite, mais le petit enfoiré est agile et rapide, pour un gringalet de soixante kilos.

— Arrêtez-vous, Police ! hurlé-je au milieu du centre commercial.

La foule se fend pour me laisser passer, mais je percute violemment un mec sortant d'une boutique, le nez dans son téléphone. J'ai à peine le temps de retenir le gars pour l'empêcher de tomber à cause de l'impact que je perds le gamin de vue.

Bordel !

Je parcours le centre en long, en large et en travers, sans jamais le retrouver, mais ce n'est pas bien grave. Quand je remonte au Starbucks, je ne fais même pas attention à Herschel et vais directement voir Bonnie.

— Il me faut son nom de famille et son adresse.
— Euh... je... hésite-t-elle.
— Tout de suite, grondé-je.
— Wynn... Charles Wynn, et... et... je ne sais pas où il habite... mon patron n'est pas là, il pourrait vérifier dans...
— Trop long.

Je me tourne rapidement vers Herschel, qui me dévisage comme si j'étais un fantôme ou je ne sais quelle autre connerie.

— Quoi ? Tu sais où il habite, toi ?

Il ne me répond pas, comme s'il était choqué. Je m'avance vers lui et saisis son menton entre mes doigts pour l'obliger à relever les yeux vers moi et à me regarder avec toute son attention.

— Herschel ?
— C'était quoi, la... question ?
— Tu le connais, ce Charles ?
— Euh... oui, on a déjà pris un café ensemble, c'est un mec plutôt gentil. Sawyer... je ne comprends pas.
— Tu sais où il habite ?
— Non... je... C'est *lui* ?
— Sûrement.
— Oh, purée...

Même choqué, il semble incapable de se montrer grossier. Avec moi, ça fait une moyenne.

— Herschel, ça va ? demandé-je, incapable de m'en empêcher.
— Euh... oui, désolé, je crois que j'ai encore du mal à y croire.

Je le relâche enfin, parce que j'aurais tendance à vouloir faire disparaître son mal-être en l'engonçant dans une étreinte protectrice.

Moi et mon putain de syndrome du sauveur.

Et ta libido bien trop élevée… me souffle une petite voix dans ma tête.

Oh, la ferme !

Je fais taire mes idées absurdes et m'écarte des oreilles indiscrètes. J'enclenche la radio que je porte à l'épaule après avoir sélectionné la fréquence du bureau.

— Brock ?

Il lui faut quelques secondes pour répondre.

— Ouais, chef ?

Je rappuie sur le bouton.

— Trouve-moi l'adresse d'un certain Charles Wynn, envoie-la-moi par SMS et transmets l'info à Dennis et Anna, qu'ils me rejoignent. Toi, tu viens au Starbucks et tu me récupères Richter pour le ramener au poste.

— C'est pour le cambriolage d'Herschel ?

— Ouais, et je pense que c'est Wynn, un jeune du café, qui a fait le coup.

— Tu as besoin de plus de renforts ?

— Non, je crois qu'il est inoffensif, juste paumé et amoureux.

— Le cambrioleur amoureux, on nous l'avait jamais faite, celle-là, s'amuse Brock.

— Brock… le boulot d'abord, les vannes, ensuite, grondé-je, avant de couper mon intercom.

Je commence à partir, mais je me rends compte bien assez vite que Herschel n'a toujours pas bougé. Le regard dans le vide. Complètement à l'ouest.

— Herschel ! crié-je juste à côté de son oreille, le faisant sursauter.

— Hein, quoi ?

— T'es avec nous ?

Il n'a vraiment pas l'air dans son assiette, alors je le rejoins et attrape son coude pour l'emmener avec moi et quitter le centre commercial. Il se laisse faire jusqu'à ce qu'on arrive dehors et qu'il s'arrache à ma prise sans conviction.

— Tu ne bouges pas, Brock va te récupérer et te ramener au poste pour que tu puisses prendre ta propre voiture et rentrer chez toi.

— Vous allez me laisser tout seul alors que Charles est dehors !?
— Il ne t'arrivera rien.
— Mais qu'est-ce que vous en savez ???
— Parce que Charles n'est pas psychopathe, c'est juste un petit idiot qui a le béguin pour l'un de ses clients réguliers.
— Ça n'a aucun sens.
— Je te l'ai dit, c'était personnel. Et si tu veux mon avis, il a pris ton ordinateur parce qu'il ne savait pas quoi prendre d'autre. Juste un tee-shirt avec ton odeur, ça aurait fait trop *creepy*.

Et t'aurais dû vérifier que tous tes caleçons sales étaient là, au passage.

— Mais j'ai peur, moi !

Je soupire et suis à deux doigts de lui demander s'il veut rester au poste jusqu'à ce que je rentre, mais une voiture de service se gare à notre hauteur et Brock en sort, un grand sourire aux lèvres.

— Je prends le relais.

Je m'en vais sans rien ajouter de plus qu'un signe de tête, sans le moindre regard en arrière, même quand j'entends Herschel prononcer mon prénom, parce que l'air de chien battu qu'affichent ses grands yeux gris va finir par me faire faire des conneries, je le sens gros comme une maison. C'est dans le froid mordant que je rejoins ma voiture et que je renouvelle ma détermination à boucler cette affaire dans les plus brefs délais. Après tout, c'est Noël dans moins de trois semaines, et j'aimerais bien passer les fêtes de fin d'années à faire autre chose que gérer ce genre de problème. Par exemple, rien. C'est bien, rien. Et ça me changera.

Chapitre 5
2 décembre

Sawyer

Il est déjà tard lorsque je me gare devant le chalet d'Herschel. Richter. D'Herschel *Richter*. La nuit est tombée depuis longtemps, il fait un froid glacial et je n'ai qu'une hâte, rentrer chez moi, prendre une douche chaude et me foutre devant la télé, mais avant ça, j'ai une mission à remplir. Je jette un coup d'œil à l'ordinateur, sur la place passager, qui va retrouver son propriétaire ce soir. En toute franchise, je ne pensais pas que cette histoire serait aussi facile à résoudre, mais je ne crache pas sur un coup de chance une fois de temps en temps, et je sens que je vais faire un heureux, aujourd'hui.

De la lumière filtre par les fenêtres, et m'assure qu'Herschel est bien là et, surtout, toujours debout. Les deux derniers jours ont été longs, pour ma part, malgré tout ; mes agents et moi, on peut affirmer qu'on en a chié, mais on a fini par retrouver notre apprenti cambrioleur du dimanche. Cet abruti a eu tellement peur qu'il s'est lui-même rendu au poste ce matin tandis qu'on a plus ou moins passé les vingt-quatre heures précédentes à le chercher partout dans Banff, sans succès. En obtenant le fin mot de l'histoire, force est de constater que ce gamin d'à peine 20 ans a juste fait n'importe quoi.

Le jour du délit, il s'était pointé chez Herschel pour lui demander un rencard, mais quand il a vu qu'il s'était absenté en laissant la porte ouverte, il est rentré. Il n'est pas même arrivé à m'expliquer pourquoi il a fait ça, pourquoi, au lieu de partir et de revenir une autre fois, il a fouiné dans les recoins et est reparti avec l'ordinateur. Et le doudou. J'ai adoré quand il m'a juré ses grands dieux qu'il n'avait rien pris d'autre que le MacBook – mon cul, oui – mais voilà, je repars avec une nouvelle histoire loufoque qui me fera encore marrer dans 10 ans. Des fois, j'essaie de comprendre ce qui peut bien passer dans la tête des mecs comme lui, mais je me rends vite compte que je ne suis pas aussi dérangé qu'eux. Quoi qu'il en soit, j'ai retrouvé l'ordinateur et, après un petit coup de fil aux autorités compétentes, j'ai eu la permission officielle de ramener l'objet à son propriétaire.

Les dernières nouvelles que j'ai reçues d'Herschel sont celles que Brock m'a données. Apparemment, mon emmerdeur s'est montré bien silencieux, hier, sur le retour. Mon subordonné a supposé qu'il était un peu choqué par la situation, et une petite partie de mon cerveau, celle qui devrait la fermer plus régulièrement, aurait aimé rassurer le jeune homme. En soi, il n'y a rien d'inquiétant ; comme je l'avais supposé dès le départ, Charles est parfaitement inoffensif, juste idiot, et Herschel n'a jamais rien eu à craindre. Non, c'est moi, en fait, qui ai du mouron à me faire ; je dois très rapidement clôturer cette histoire et ne plus jamais revoir Herschel Richter avant de me retrouver à prendre ce qu'on appelle dans le métier une décision *de merde*.

Lorsqu'enfin je me décide à sortir de ma voiture, c'est avec l'intention de frapper à la porte, de lui tendre son ordinateur (peut-être d'accompagner le geste d'un grognement, histoire de rajouter une composante verbale) et de me barrer aussi vite que possible, mais mes plans ont l'air de systématiquement foirer quand *il* est dans les parages.

La porte s'ouvre sur un Herschel aux cheveux dans tous les sens, l'air affolé, un tablier à moitié défait sur le dos et une aura… fumante ?

— Oh… c'est vous, lance-t-il avant de courir dans l'autre sens sans refermer derrière lui.

Je pénètre dans sa maison, pose l'ordinateur sur un des guéridons à ma portée, et je me permets d'ouvrir une des fenêtres parce que le salon ressemble aux restes d'une soirée défonce à la *weed* dans une fraternité, l'odeur de cramé en plus. La fumée s'évacue en grande partie, et progressivement, cette sensation que j'avais éprouvée la première fois que je suis venu ici revient. C'est chaleureux, cosy, encore plus avec les lumières allumées, le feu dans la cheminée, et la musique qui imprègne doucement l'atmosphère d'un cocon ouaté.

J'entends alors un fracas qui me met tout de suite en état d'alerte ; je marche aussitôt à l'instinct et le rejoins à la hâte.

— Ah, purée ! crie alors Herschel.

Je le trouve au beau milieu de sa cuisine, en train de se tenir la main en grimaçant, son four béant recrachant des volutes de fumée – ça venait donc de là – et une plaque de je ne sais quoi bien trop cuit en équilibre au-dessus. Je me dépêche d'éteindre le gaz, de fermer le battant de la cuisinière, repousse rapidement la bouffe carbonisée avant qu'elle ne tombe en pluie sur le carrelage, puis ouvre la fenêtre de la cuisine pour purifier définitivement l'air toujours chargé et me tourne enfin vers Herschel pour m'occuper de lui.

— Qu'est-ce que t'as *encore* foutu ?! m'inquiété-je.

— Ça ne se voit pas ? m'engueule-t-il en me montrant sa main, qui s'avère être assez copieusement brûlée.

Ah, putain !

Je chope son poignet et constate qu'une belle et grande rougeur apparaît sur sa paume. Je le tire sans délicatesse vers l'évier et ouvre l'eau froide en grand avant de mettre sa main blessée sous le jet.

— Tu es une putain de catastrophe ambulante.

— Hé ! Je ne te permets pas !

Mon agacement s'envole instantanément et je ne peux retenir un rictus amusé.

— Tu te moques de moi, en plus, rajoute-t-il.

Mon sourire est impossible à cacher, en effet.

— « Tu », hein ?

Il fait alors les gros yeux, se rendant compte seulement maintenant qu'il m'a tutoyé, malgré toute la distance qu'il s'est précédemment efforcé de maintenir entre nous.

— Je vais me faire mettre au mitard parce que c'est un manque de respect, c'est ça ?! *Sergent* Lundblad ?

Je ris de bon cœur parce que ce soir, je ne suis pas franchement d'humeur pour me prendre la tête. J'inspecte sa chair blessée du bout des doigts.

— Ça fait mal, grimace-t-il quand je l'effleure à peine.
— J'ai jamais vu un boulet de ton calibre, m'exaspéré-je.

Il bougonne un truc inintelligible.

— T'as dit quoi, là ?
— Rien.
— Mouais... laisse ta main sous l'eau, encore, et ne bouge pas.

Je retire mon manteau, mon écharpe, mon bonnet – et même mes bottes – puis pars à la recherche de la salle de bain. Je trouve rapidement la pièce et récupère une serviette de toilette que je mouille avec de l'eau froide, avant de rejoindre de nouveau *Sire Catastrophe*.

De retour auprès de lui, je retrouve Herschel assis sur son canapé, qui observe sa main avec une grimace amère.

— Mets ça sur ta plaie, lui ordonné-je en lui tendant la serviette.

Mes pas me portent jusqu'à la cuisine, pour bien vérifier qu'il ne va pas mettre le feu à la baraque au passage, et j'en profite pour refermer la fenêtre que j'avais ouverte, histoire de ne pas transformer le salon en réplique du village du père Noël, avec la neige, les bestioles et tout. Quand je le rejoins, j'ai envie de le secouer. Pas possible d'être aussi maladroit en permanence.

Je m'assieds sur le canapé à côté de lui ; il lève alors les yeux vers moi et je ne comprends absolument pas ce que signifie ce regard énigmatique.

— Quoi ?! me défends-je.
— Euh... rien.

Je prends sa main et la pose sur ma cuisse puis soulève la serviette pour voir l'état de sa peau.

— Aïe, ça fait mal !
— Arrête donc de faire le gosse...

En vérité, il ne s'est pas raté, mais avant d'appliquer quoi que ce soit d'autre que du froid, ou même une bande, il faut arrêter la brûlure.

— Qu'est-ce que t'as foutu ?! T'as sorti la plaque du four à mains nues ou quoi !?
— Tu me crois si bête que ça ?

— Pas *bête*, mais franchement, t'as quand même deux mains gauches et les pieds qui vont avec. Alors, t'as fait quoi ?

Herschel demeure bien silencieux, tout à coup, et lorsque je lève les yeux vers lui, je vois qu'il fixe un point, derrière moi ; je comprends qu'il a enfin aperçu son ordinateur.

— Ouais, je te l'ai ramené. C'était bien ce Charles, au fait.

Plus vite que je ne peux le réaliser, il s'extirpe de ma poigne, se rue sur son portable, l'ouvre et se met à pianoter dessus, le visage figé dans une expression d'ébahissement le plus total.

— Charles va passer devant le juge assez rapidement, mais ne t'inquiète pas, ça n'ira pas très loin. Si tu as besoin d'une ordonnance restrictive ou autre chose, fais-le-moi savoir et...

— Il y a tout, Dieu merci.

Il ne m'a absolument pas écouté, mais lorsqu'il lève les yeux vers moi, j'y vois une joie sincère, tout ce qu'il y a de plus pure, et le sourire qu'il m'offre me perturbe à un tel point que je ne relève même pas son absence totale de réponse, et que mon réflexe de déglutition se déclenche plus ou moins tout seul.

Putain, il faut que je me casse, et vite.... Depuis quand je suis aussi perturbé par un autre mec ??? Merde, ça fait quand même des lustres que je connais ma propre sexualité, mais là...

Là, je ne bouge pas. Je reste comme un con, à le regarder.

— Et mon..., commence-t-il.

— Ton tee-shirt ? Ouais, désolé, Charles a affirmé qu'il ne l'avait pas pris.

— C'est... C'est *faux* !

— Je sais. Il l'a, c'est certain, mais je ne l'ai pas trouvé, désolé.

— Non, c'est... merci, déjà, de m'avoir rapporté ça... j'avoue que je ne comprends pas tout.

— Il n'y a rien à comprendre, enfin, y'a des fêlés partout, et ce Wynn m'a l'air d'avoir manqué un peu de finition en sortie d'usine, voilà tout.

— Je ne sais pas comment te remercier, soupire-t-il alors, une lueur au fond des yeux qui me met définitivement en état d'alerte.

Je suis enfin prêt à faire fonctionner mes jambes et à me barrer vite fait, parce que je déteste l'ambiance *film de Noël* qui est en train de s'instaurer, mais j'ai à peine commencé à me relever qu'Herschel me rejoint en deux enjambées et me pousse sur l'épaule avec une force surprenante pour sa carrure de cure-dent végan. À ma grande surprise, mes fesses se plantent, de nouveau, dans le canapé.

— Tu ne crains pas pour ta vie, toi, le menacé-je en serrant la mâchoire.

— Non, tu ne me feras pas de mal.

Il se rapproche encore plus de moi et son tibia frôle le mien. Je m'inquiète de constater que j'y accorde une attention tout à fait disproportionnée, d'ailleurs.

— Tu n'en sais rien et là, de toute façon, je dois rentrer chez moi.
— Non.
— Herschel... grondé-je, écarte-toi.

L'une de ses mains se pose sur mon épaule, l'amenant à se rapprocher considérablement de moi. Le contact de sa paume à travers mon pull et sa proximité me font frémir.

— J'ai d'abord une supposition à vérifier.

Il plonge son regard dans le mien, et je n'ai pas à me demander ce qu'il va se passer, parce j'ai beau en porter le costume, je suis loin d'être con. Une part de moi en a terriblement envie, mais c'est une erreur, ce n'est pas ce que moi je veux, alors lorsqu'il commence à poser un genou près de ma cuisse, puis le second de l'autre côté de mes jambes pour me chevaucher, je m'arrête de respirer.

— Tout ça va très mal se terminer, protesté-je sans aucune conviction. Arrête tes conneries, Herschel.

— Mon petit doigt me dit que je n'ai rien à craindre. Bien au contraire.

Quand ses fesses se posent sur mes cuisses, je ne peux retenir le grondement profond, primal, qui s'échappe de ma gorge. Ma tête bascule en arrière et je me mets à fixer le plafond pour tenter de me calmer.

— Et tu sais quoi ? Je crois que j'ai raison.

Bordel...

Herschel

Sawyer continue de fixer un point imaginaire, loin au-dessus de nos têtes. D'extérieur, on pourrait croire qu'il n'apprécie absolument pas que je me retrouve à califourchon sur ses cuisses, mais j'ai une vue plongeante sur son entrejambe et je sais pertinemment que j'ai gagné mon pari. Il me désire, tout autant que moi, je le veux. La bosse qui déforme son pantalon de service ne laisse pas de place au doute ni à l'imagination, d'ailleurs, et pour ma part, me retrouver tout contre lui de cette façon me conforte dans l'idée que j'ai terriblement envie d'être là, moi aussi. Il a beau être bourru, râleur et absolument pas tendre avec moi, il appuie sur les bons boutons, et, oui, je suis tout à fait incapable d'y résister. Je n'essaie même pas de comprendre pourquoi, en fin de compte. Je veux juste *ressentir*. Je suis seul depuis trop longtemps et je ne dirais pas non à un peu de chaleur humaine. Je me penche et dépose doucement mes lèvres sur son cou offert. Dans cette position si intime, son odeur est encore plus addictive que je ne le pensais. Il laisse échapper un sifflement que je pourrais presque interpréter comme de la douleur, mais je sais que ce n'est pas le cas.

— Tu joues avec le feu, dit-il d'une voix rauque.

Je m'écarte et pose mes mains sur ses joues pour l'inviter à baisser la tête vers moi. Il est hors de question que je fasse quelque chose dont il ne veut pas.

— Sergent Sawyer Lundblad, est-ce que je me suis trompé ?

Il ne répond rien, il reste là, sans bouger, à m'observer comme si j'étais la chose la plus dangereuse au monde. J'ai tellement envie qu'il me touche, de sentir ses mains sur moi, et, *surtout,* je brûle de savoir s'il est un amant aussi passionné que je me l'imagine.

Ses yeux me scrutent, sa respiration s'accélère, tout comme la mienne, d'ailleurs. Mes mains dévient de son visage jusqu'à son torse, et lorsque ma paume se plaque juste au-dessus de son cœur, je sens à quel point ce dernier bat la chamade.

— Sawyer ?

J'ai à peine prononcé son prénom que ses lèvres prennent d'assaut les miennes. D'un seul coup, ses bras de referment autour de moi et je me retrouve engoncé dans une étreinte si puissante, si possessive, que je n'essaie même pas de retenir le gémissement de bonheur qui s'échappe de ma bouche. Sawyer est exactement comme je me l'imaginais, il prend rapidement le contrôle et semble vouloir me dévorer entièrement. J'oublie ma main qui me lance toujours et le laisse me malmener à sa façon à lui. En deux mouvements, je me retrouve plaqué sous le corps solide et imposant de Sawyer. Ses baisers sont dévorants, ses mains insistantes, son bassin commence à onduler contre le mien et ces seules attentions me font déjà presque voir les étoiles ; je gémis une nouvelle fois.

— J'ai envie de toi, susurré-je contre sa bouche. Ça fait trop longtem…

Mais d'un seul coup, plus rien. Sawyer se fige contre moi, et puis sa chaleur disparaît et je me retrouve seul, le corps au bord de l'explosion.

Il est à deux mètres de moi, debout. Il remet ses vêtements en place et commence même à se diriger vers la porte dans le même temps, puis récupère ses chaussures au passage.

— Qu'est-ce qu'il se passe ? demandé-je en me redressant à mon tour.

Je suis certain d'avoir l'air complètement débauché, là, maintenant, mais j'essaie d'en faire abstraction parce qu'à ce moment-là, ce n'est pas ce qui m'inquiète le plus. Je suis tout aussi perdu que frustré.

Mon flic bourru ne me répond même pas, il lace ses bottes, remet son manteau avec une froideur presque insupportable et refuse délibérément de regarder dans ma direction. J'ai envie de pleurer, en toute franchise, mais ça ne m'empêche pas de me lever et de le rejoindre.

— Sawyer ? J'ai fait quelque chose de mal ?

Il ne me regarde même pas, néanmoins ses épaules qui s'affaissent légèrement me confirment qu'il m'a entendu.

— Sawyer ?

— Je dois rentrer.

À ce moment-là, mon abattement se transforme en colère.

— Et bah, vas-y rentre, je t'en prie. Traite-moi comme un bout de viande, j'adore ça.

Ça a le mérite de le faire réagir et il se retourne enfin vers moi.

— Herschel, ce truc, là, entre nous, c'est impossible.

— Ce n'est pas ce que ton corps disait il y a deux minutes.

— Eh bien justement, ce n'est pas moi, ça. Je ne baise pas les mecs que je rencontre et dont je ne sais rien. Quand un type me plaît, je l'invite à dîner, on fait connaissance, et ensuite, suivant si ça matche, je lui propose un second rencard et ouais, après, si je le sens, je peux aller plus loin. Je ne suis pas de ces gars qui aiment multiplier les culs qui passent dans leur lit pour le simple plaisir de faire du chiffre, ça ne m'intéresse pas, d'accord ? Pour ta gouverne, j'ai 41 ans, j'ai passé l'âge de m'amuser en fourrant à tort et à travers. Donc je préfère rentrer avant qu'on fasse un truc que je vais regretter après.

— Donc tu me traites de mec facile ?

Je ne suis pas du genre à prendre tout mal, mais là… c'est le pompon.

— Je n'ai pas dit ça.

— De prostitué, pendant qu'on y est ?

— Arrête, gronde-t-il, sa voix remplie de colère.

Non, mais comment est-on passé d'un stade à deux doigts de s'envoyer en l'air à… *ça* ???

— Dégage ! rugis-je, oubliant mon engagement personnel à toujours, *toujours* surveiller mon langage.

Je crois qu'il ne s'attendait pas à ce que j'emploie ce ton ni cette expression, parce qu'il m'observe alors longuement, les sourcils froncés. Je ne sais plus où me mettre. Trop honteux de me faire humilier de la sorte, je préfère qu'il s'en aille, et rapidement.

Je regarde alors Sawyer finir de se rhabiller et ouvrir ma porte pour quitter le chalet. Mais d'un seul coup, je remarque qu'il a oublié son bonnet. Je pourrais laisser pourrir, après tout, il vient de me traiter avec un irrespect absolument total, et tant pis s'il ne revoit jamais ses affaires, mais j'ai toujours été beaucoup trop stupide pour mon propre bien. Je m'élance, récupère l'objet du délit, ouvre la porte et l'appelle en criant.

Tout se passe alors au ralenti, comme dans un film, et pas nécessairement un bon. Sawyer, dans la nuit froide et glaciale, sursaute quand je sors comme un dératé et hurle son prénom. En se retournant brusquement, ses pieds perdent leur adhérence précaire sur le sol gelé et je le vois glisser, décoller du sol, basculer en arrière et tomber lourdement sur le flanc. Le grondement de douleur qui sort de sa gorge me fait réagir. Je chope une paire de baskets à la volée, allume la lumière du patio pour y voir plus clair et me précipite dehors avec rien d'autre sur le dos que mon pull de Noël du jour. Quand je rejoins Sawyer, il est assis dans la neige et se masse la clavicule en grondant insanité sur insanité.

— Mince... pardon... je ne voulais pas te surprendre, t'as mal où ?
— Putain... je crois que je me suis déboîté l'épaule, grince-t-il en se tenant le bras, une grimace de souffrance déformant son visage.
— Hein ? quoi ? Mais non, ne dis pas...

Mais j'ai à peine posé la main sur la zone incriminée qu'il éructe de nouvelles insultes.

— Mais comment t'as fait ton compte ?

Il respire fortement par son nez en me lançant un regard noir.

— Si un abruti ne m'avait pas surpris pendant que je négociais une plaque de verglas, aussi !
— Oh ! J'ai pas fait exprès !
— Ouais, je vais te croire, tiens.

À grand-peine, il tente de se mettre debout. J'essaie de l'aider, mais il me repousse sans ménagement.

— Bon, ça suffit. Il faut qu'on t'emmène à l'hôpital. Grimpe dans ma voiture.
— Même pas en rêve. Je ne vais pas monter dans une bagnole avec *toi* au volant, je préfère arriver en un seul morceau, merci bien.

Il fait tout pour que je le déteste, ma parole !

— Tu sais quoi, ça va, débrouille-toi. L'hôpital est environ à 12 km dans... cette direction.

Sans un regard en arrière, je commence à retourner vers mon chalet. Qu'il gère tout seul, j'en ai marre de me faire crier dessus et mépriser sans arrêt.

— Hersch... el, m'appelle-t-il soudain, sa voix emplie de douleur.

— Quoi, encore !

Il me fixe, presque implorant, son épaule dans le mauvais sens et je jette ma colère aux orties, comme le parfait idiot que je suis.

— Je vais chercher mes clés. Et *non*, tu ne vas pas mourir.

Sauf si c'est *moi* qui t'étrangle le premier.

Chapitre 6
2 décembre

Sawyer

Il m'est déjà arrivé de me déboîter une épaule, mais c'est bien la première fois, en revanche, que je me blesse en me cassant la gueule sur une plaque de verglas. Heureusement pour moi, pas de fracture associée, et le médecin qui m'a examiné a pu réduire ma luxation sans difficulté. Ça n'a pas été une partie de plaisir, même avec les antalgiques qu'on m'a foutus en intraveineuse. J'ai encore plus déchanté quand le doc m'a annoncé 15 jours d'immobilisation complète de mon bras droit. Plus de deux semaines sans pouvoir conduire, tenir mon arme de service, taper sur mon ordinateur de malheur (à la limite, ça, ça peut compter comme un plus), sans rien faire d'autre que de glander chez moi, en somme. C'est vraiment ma veine.

— Du repos, sergent, c'est tout ce qu'il vous faut, me lance Brock, que j'ai appelé dès que la nouvelle de mon handicap temporaire est tombée, et qui s'est ramené aussi sec. On va garder le fort pour vous, et presque aussi bien ! Mais avec le sourire en plus.

— Je peux décrocher le téléphone avec ma main gauche, j'ai pas l'intention de te laisser faire de la merde au poste.

— Et pourtant, c'est ce que tu vas faire, intervient alors Herschel qui ne m'a pas quitté d'une semelle. C'est repos pour toi, sergent Lundblad.

Depuis mon arrivée, il ne m'a pas lâché. Je suppose qu'il est toujours en colère contre moi, mais il est là même si je crois que j'aurais préféré qu'il ne m'accompagne pas.

Je savais d'avance que la situation allait mal tourner, ce soir, si je ne me barrais pas rapidement du chalet d'Herschel, mais voilà, j'ai foutu ma langue dans sa bouche, je me suis frotté comme un ado en rut contre son érection, et j'étais vraiment à deux doigts de lui arracher ses fringues. Et puis, mon cerveau – celui qui fait de son mieux, entre mes deux oreilles, pour garder un semblant de décorum, à l'inverse de son voisin de l'étage d'en dessous – s'est quand même remis à fonctionner quand Herschel a ouvert sa bouche et a prestement exprimé ce qui allait se passer si je ne me contrôlais pas un minimum : c'est-à-dire nos deux corps emboîtés et transpirants et la création d'un dangereux précédent accompagné d'un aller simple vers l'inconnu et le grand n'importe quoi.

Mais je ne suis pas comme ça. Je ne couche pas – je ne couche *plus* – juste pour coucher, je suis beaucoup trop vieux pour ces conneries, comme dirait Danny Glover, et il était hors de question que je sois le jouet d'Herschel, ou l'inverse, même pour une nuit, j'ai déjà assez donné avec mon ex, merci bien.

— Tu peux me dire en quoi ça te regarde ? répliqué-je assez sèchement à l'intéressé, que j'ai failli troncher sur son canapé avant de me ressaisir.

— Déjà parce que je me sens responsable, commence-t-il.

Ouais, ça tu peux le dire, vieux…

— Et ensuite parce que tu vas être sous médicaments au moins la première semaine, et je ne crois pas que tu sois assez en pleine possession de tes moyens pour faire correctement ton boulot de flic. Donc tu vas faire ce que te disent les grandes personnes, un point c'est tout.

Les *grandes personnes* ? Clairement, il est encore en colère contre moi.

Le silence se fait. Personne ne m'a jamais parlé sur ce ton sans conséquences. *Personne*, et Brock le sait aussi, parce qu'à cet instant, il observe Herschel comme s'il voyait la Sainte Vierge, et je crois bien que moi aussi, sauf que je me demande également s'il n'a pas des tendances suicidaires pour oser s'adresser à moi de cette façon.

— Et ce n'est pas la peine de faire cette tête-là, moi aussi je peux être autoritaire et borné.

— Chef ?

— Quoi ? aboyé-je sans quitter du regard Herschel qui ne flanche absolument pas.

— Il a peut-être raison, c'est mieux si vous vous reposez.

— Brock, tu n'as pas une femme à rejoindre ?

— Euh… non. Mais bonne soirée, chef, je vais quand même y aller, je crois.

Il quitte enfin le box où on m'a installé, à l'hôpital, et je me retrouve seul avec mon emmerdeur de service qui ne m'a pas lâché des yeux.

— Tu n'étais pas obligé d'être désagréable avec Brock, me lance-t-il en croisant les bras et en me toisant comme un prof de maths de quatrième, il ne t'a rien fait.

— Et je n'ai pas besoin de ton avis.

— Et pourtant tu vas l'avoir, et sans supplément. Tu es *blessé*, Sawyer, tu as besoin de repos et d'aide, surtout. Tu es droitier, hein ? lance alors Herschel.

— C'est quoi le, rapport ? grogné-je en feignant de ne pas comprendre les implications de sa question.

— Le rapport ? Tu me demandes le rapport ? Je pensais que tu étais un mec intelligent, mais à l'évidence…

— Va te faire foutre, m'énervé-je.

— J'aurais bien aimé, sourit Herschel, mais c'est toi qui n'as pas voulu.

Je prends une grande inspiration pour trouver en moi la force de ne pas exploser. J'ai les nerfs à fleur de peau, la journée a été putain de longue et j'ai mal, vraiment mal.

— Je dis ça parce que tu vas être vraiment handicapé, sans la possibilité d'utiliser ton bras droit.

— Sans blague, pouffé-je amèrement.

— Tu vas avoir besoin d'aide.

— Je t'arrête tout de suite…

— C'est ma faute, si tu es tombé.

— Rentre chez toi, Herschel, et oublie-moi, putain. Si c'est toi qui m'aides, j'ai autant de chances de me retrouver avec le bras gauche dans le même état d'ici demain midi, de toute façon.

— Mais…

— Je n'ai pas été assez clair, bordel ! gueulé-je alors brusquement.

Il sursaute en faisant un pas en arrière et je m'en veux instantanément.

— Merde… Hersch…

Mais je n'ai pas le temps de finir de dire son prénom, qu'il s'en va sans un regard en arrière et j'ai même la quasi-certitude de l'avoir entendu souffler un « connard », mais puisque Herschel ne jure jamais, j'ai soit halluciné, soit je l'ai définitivement repoussé.

Bah voilà, t'as tout gagné, champion.

3 décembre

Herschel

Je me réveille en sursaut à cause d'un bruit… insistant. Je mets quelques instants à comprendre que quelqu'un est en train de frapper à ma porte d'entrée. J'ai extrêmement mal dormi, cette nuit. Je suis rentré chez moi très tard, hier soir, après ma prise de tête avec Sawyer. J'étais dans un état de colère comme j'en ai rarement connu. Même après notre première dispute post-tripotage, j'ai essayé de faire un pas vers lui, mais il semblerait que Sawyer n'ait vraiment aucune envie d'avoir affaire à moi. J'ai ruminé une bonne partie de la nuit, et je sens que je vais le payer, aujourd'hui. J'arrive à m'extirper de mon lit sans m'emmêler dans les draps, ce qui est un miracle en soi compte tenu des circonstances et, quand j'ouvre la porte, encore brumeux et tout décoiffé, j'ai un instant l'espoir que ce soit Sawyer, et qu'il soit venu me présenter des excuses, mais c'est ma sœur, en lieu et place, qui se tient sur mon palier.

— Hé !
— Salut, la lilliputienne.

Je remarque alors, derrière elle, qu'une couche de neige toute fraîche est tombée pendant la nuit et qu'on a encore perdu quelques degrés.

— T'as une sale tête, s'amuse-t-elle. Encore plus que d'habitude, je veux dire.
— Ouais, je sais. J'avais compris, au fait.

Elle me pousse du chemin sans aucune délicatesse et ferme vite la porte derrière elle, coupant le froid glacial dans son élan pour s'engouffrer dans mon chalet.

— Oh, toi, ça ne va pas.
— Si, si…

Je me dirige vers ma cheminée et commence à allumer un feu pour tenter de réchauffer l'atmosphère.

— Non, mais attends, c'est ton ordinateur, non ? Les flics l'ont retrouvé chez ce gars, et ils te l'ont déjà ramené, c'est ça ?!

Je me contorsionne légèrement pour observer ma sœur soulever mon portable. Avant-hier, je l'ai appelée, en rentrant, pour lui raconter ce qu'il s'était passé ; j'étais dans un état très… bizarre, après avoir compris que c'était *Charles* qui était rentré chez moi et m'avait piqué mes affaires. Même quand je vivais à Calgary, ça a toujours été ma sœur que j'appelais pour lui raconter ma vie, donc avant-hier n'a pas fait exception.

— Ouais, je suis content, Sawyer me l'a ramené hier.
— Sawyer ?
— Euh, le sergent de la GRC. Lundblad. Sawyer Lundblad.
— Tu l'appelles par son petit nom, le sergent de la GRC ?

— Roh, tais-toi.

Elle n'insiste pas davantage, heureusement. Et quand j'ai enfin réussi, après d'innombrables tentatives, à allumer l'amorce sous les bûches, dans le poêle, et que je me relève vers elle, Vera a enlevé son manteau et me tend une tasse de café fumant.

— Merci.

— Après, on y va, alors ?

Je la regarde, un peu interloqué, parce que je n'ai absolument *aucune idée* de ce dont elle me parle.

— C'est le premier week-end de décembre, t'as oublié ?

— Sérieux ? Mince, désolé, je crois que cette histoire de cambriolage m'a fait perdre toute notion du temps, en plus de mon tee-shirt fétiche.

Tandis que j'avale une gorgée de mon café, des images défilent dans ma tête, celles d'un passé qui me semble tellement lointain aujourd'hui, lorsque ma mère était encore là. Quand nous étions petits, c'était le rituel immuable du premier week-end de décembre : préparer la maison pour les fêtes de Noël. Chaque année, c'était déco, chants de Noël et bonhommes en pain d'épice, et puis, quand je suis parti pour la grande ville faire mes études, on ne pouvait plus, hélas, continuer à célébrer notre petite coutume. Ensuite, ma mère nous a quittés et rien n'a plus jamais été pareil. Mais au printemps dernier, quand je suis revenu, ma sœur m'a immédiatement informé que cette année, on reprendrait Noël en main en décorant la maison de notre père, dans laquelle on a prévu de passer le réveillon.

— On peut annuler, si tu veux, hein ?

— Non, bien sûr que non, ça me fera du bien, en plus.

— Alors, bois vite ton café, fais quelque chose pour tes cheveux, et on y va.

***

En fin d'après-midi, la maison familiale ressemble à la double page centrale d'un catalogue de déco. Le sapin est installé et richement ornementé, le salon sent bon la cannelle et l'orange, il y a des bibelots partout ; même l'extérieur est agrémenté de guirlandes lumineuses et du vieux faux Père Noël qui pendouille à la fenêtre comme s'il était prêt à rentrer dans la maison après une soirée de débauche. Mon père est au restaurant, préparant dès maintenant son menu de ce soir, et ma sœur, qui est serveuse là-bas, est de repos, aujourd'hui, et je vais pouvoir passer la soirée avec elle. Pour l'instant, nous sommes en train de boire un chocolat chaud saupoudré de chamallows, en regardant, pour la millionième fois, *Maman j'ai raté l'avion*.

— Je ne me lasse pas de voir ce film, s'amuse ma petite sœur.
— Ouais, moi non plus.
— Bon, qu'est-ce qu'il se passe, alors ? Qu'est-ce qui ne va pas ?
— Pourquoi tu me dis ça ?

Véra récupère la télécommande et met le film en pause au moment où Joe Pesci adresse au jeune héros son redoutable sourire à la dent en or.

— Parce que tous les deux, on a toujours été complètement dingues de Noël, mais aujourd'hui, j'ai l'impression que j'ai plus profité que toi, que tu n'étais pas là à 100 %.
— Si, si, c'est juste que…
— Tu peux tout me dire, tu sais, m'assure-t-elle en me donnant un petit coup de pied dans le tibia.
— Tu es surtout une sacrée commère, voilà le cœur du problème !
— C'est vrai, glousse-t-elle.
— Mon Dieu, tu te rends compte que t'es tellement un cliché de nana que ça devrait être interdit ?
— Et j'assume. Et puis toi, en tant que cliché absolu du garçon gay, ne va pas faire comme si tu n'aimais pas les commérages tout autant que moi. En tout cas, comme toute fille qui se respecte, j'aime entendre les potins, surtout si ça concerne la vie sexuelle de mon frère, alors accouche.
— Comment tu sais que… ?
— J'en savais rien, j'ai juste tenté le coup, mais maintenant t'as plus le choix, tu t'es trahi, alors raconte-moi tout.

Elle me fait rire lorsqu'elle se tourne vers moi, s'installe en tailleur sur le canapé et me regarde, les yeux pétillants d'anticipation.

Je lui dresse alors un topo très rapide.

— Donc au lieu de te demander ce que toi, tu cherchais, il a supposé que tu ne voulais *que* t'envoyer en l'air, alors.
— J'imagine.
— Et ensuite, tu t'es vengé et tu lui as déboîté l'épaule.
— Je m'inscris en faux ! C'était un accident.
— Tu veux mon conseil ?
— Je n'ai pas besoin de conseils, je suis un mec, après tout. Je passerai à autre chose à la première heure demain matin, pas vrai ?

Je récupère la télécommande et relance le film l'air de rien. Malgré tout, je sens les yeux de Vera me percer des trous dans la tempe, comme si elle cherchait à sonder mes pensées les plus intimes.

— Sauf que le gars te plaît, il te plaît *vraiment*, c'est ça, hein ?
— Il est grossier, sans filtre, autoritaire et colérique.
— Et sexy, aussi, je l'ai déjà croisé.

Je lui jette un rapide coup d'œil avant de me reconcentrer sur le film. Vera reste silencieuse, et ne bouge toujours pas.

— Hersch ?
— Il embrasse comme un dieu, avoué-je sans la regarder.
— Et ses qualités ? Dans toute ta liste, elles sont où ? À première vue, il a juste l'air d'être un vrai grincheux.
— Je ne sais pas... je pense qu'il prend soin des autres, et puis son côté autoritaire...
— Ne va pas plus loin dans les détails, je t'en conjure. Je n'ai aucune envie de savoir si mon frère kiffe le BDSM ou pas.

Elle bouge enfin, récupérant sa tasse de chocolat et se blottissant contre mon épaule.

— Ma très chère petite sœur, soupiré-je, un jour il faudra que quelqu'un fasse ton éducation sur ce qu'est-ce le BDSM, parce que là, ce n'est pas franchement ça.
— T'aimes juste quand on te malmène au lit, alors, lance-t-elle en piquant mon ventre du bout de son doigt pointé.
— Je ne répondrai pas à cette question, regarde donc les conneries de Kevin, plutôt.
— Je peux quand même te poser *une* question ? reprend-elle quelques secondes après, refusant de s'avouer vaincue.
— Vas-y.

— Tu vas faire quoi, maintenant ?
— Rien.
— Mais pourquoi ! Je ne t'ai jamais vu abandonner aussi facilement, et il te plaît, je le sens bien.
— Il ne veut rien avoir à faire avec moi, c'est l'évidence.
— C'est là où tu as tout faux. Le mec cherche juste du sérieux, quelque chose de durable, montre-lui donc que c'est ça que tu veux, toi aussi, enfin, sauf si je me trompe.
— Non, du tout.

Vera me pique la télécommande et met encore une fois le film en pause. Cette fois, l'image se fige sur la vilaine trogne du grand frère en train de refuser l'hospitalité au héros, et sur sa coiffure de balai à chiottes.

— Mais arrête !

Elle me bouscule alors par l'épaule.

— Écoute-moi cinq minutes, pour une fois dans ta vie, idiot du village.
— Je ne fais que ça, soupiré-je.
— Tu m'as dit qu'il t'avait roulé la meilleure pelle de ton existence, non ? Donc, ça veut dire que le désir est là.
— Peut-être.
— Hersch, ça serait cool que t'aies quelqu'un dans ta vie.
— Arrête de projeter tes idéaux d'hétéro nunuche sur moi.
— Et toi, arrête avec ton discours à la con. Ce n'est pas une honte, tu sais, de vouloir avoir une belle relation monogame et un homme fort et sexy, un mariage où tout le monde pleure de joie et des triplés qui te retournent la maison. Donc, moi je dis, bouge ton cul, et propose-lui un rencard, un vrai.
— Tais-toi et regarde le film !

Même si je n'ai plus aucune envie de discuter de Sawyer, je laisse néanmoins dans un coin de ma tête l'idée de ma sœur. Peut-être que, lorsque je ne serai plus en colère de m'être fait hurler dessus comme le dernier des malpropres, j'essaierai de voir si c'est définitivement mort, ou si je peux titiller mon flic grincheux une dernière fois. J'ai bien l'intention d'aller chercher des excuses, quoi qu'il en soit, et suivant sa réponse, j'aviserai pour la suite.

Chapitre 7
6 décembre

Sawyer

Quatre jours que je suis enfermé chez moi, sans avoir pu aller bosser hier ni aujourd'hui, et quatre jours après lesquels j'ai déjà envie de me tirer une balle, parce que même si j'adore m'octroyer des moments où je ne branle rien, ce bras me fait un mal de chien, et je ne peux ni faire de sport, ni aller chasser les méchants, ni faire quoi que ce soit d'autre nécessitant l'usage de ma main droite… et non, ça n'inclut pas mes sessions masturbatoires, parce que je suis parfaitement capable de le faire de la gauche. Mais lorsqu'on n'a plus que ça pour s'occuper, ça finit par devenir lassant.

J'ai passé le tout premier jour au lit, à dormir comme un mort. Les antalgiques qu'on m'a donnés à l'hôpital m'ont fracassé. Hier et avant-hier, j'ai larvé devant la télé avec un certain plaisir, au départ – dimanche oblige, mais aujourd'hui, je tourne en rond. Je ne sais pas quoi foutre de mes dix doigts… enfin, non, de mes cinq doigts, puisque leurs copains sont pour le moment attachés à un membre complètement inutile, ordre du docteur, et gna gna gna…

Alors que je me réchauffe un plat préparé au micro-ondes en plein milieu de l'après-midi, parce que mon cycle de sommeil est à chier à cause des médocs, et que je ne peux pas réellement cuisiner, on frappe soudain à ma porte.

Meatball est déjà sur le palier et remue la queue. Ça doit être Brock, mais quand j'ouvre, je tombe sur la dernière personne que j'aurais pu imaginer me rendre visite.

— Mais comment t'as fait pour savoir où j'habite ? râlé-je instantanément tandis que mon traître de chien saute sur Herschel pour lui faire la fête de bienvenue de sa vie.

— Je suis passé voir Brock, au poste. Et je t'interdis de lui tomber dessus.

— Ce petit salopard... Bon, qu'est-ce que tu veux ?

Herschel me sourit de toutes ses dents, comme s'il trouvait la situation à mourir de rire.

— Tu me laisses entrer ? Il fait vraiment froid, de ce côté du palier.

Le laisser entrer ? *Chez moi* ? D'accord, une minuscule part de mon esprit est soulagée de le voir après la manière dont on s'est quittés, mais l'autre est tout de suite en état d'alerte.

— S'il te plaît. Tu me dois bien ça, et des excuses, par-dessus le marché, vu comment tu m'as parlé la dernière fois qu'on s'est rencontrés. Je viens en paix, je t'assure. Mais je me gèle, quand même.

Je grogne pour le principe, parce qu'il a raison, j'ai abusé, à l'hôpital, et il a droit, au minimum, à ce que je lui demande pardon.

Je m'efface de l'entrée pour le laisser passer. Meatball traîne dans ses pattes, assurément ravi de le voir. Tout le contraire de moi, donc.

Mensonge, mensonge...

— Wow, c'est... désordonné, chez toi, commente mon invité surprise.

— T'appelles ça venir en paix ? Il va falloir bosser encore un peu le concept, si tu veux mon avis...

— Oh, pardon. Je ne m'attendais pas à ce que ta maison ressemble à... ça. Les flics ne sont pas censés être hyper organisés ?

Je jette un coup d'œil circulaire à mon salon au cas où j'aurais loupé quelque chose, mais non, tout est comme d'habitude. Normal. Sain. Peut-être un microscopique tantinet en bordel, mais rien d'insurmontable. C'est sûr que si on va par là, ça mériterait un peu de ménage, mais avec mon bras en moins, aujourd'hui, et mon boulot le reste du temps, je n'ai pas à proprement parler le *loisir* d'astiquer mon intérieur dans les moindres recoins, et puis la déco et moi, ça fait deux. Quand je ramène mon attention sur Herschel pour lui répondre (et le rembarrer comme il faut, non, mais franchement), je regrette aussitôt de l'avoir lâché des yeux, puisqu'il a déjà dans les mains l'une des rares photos encadrées que j'ai eu la faiblesse d'afficher dans ma bibliothèque.

— Qui c'est, à côté de toi ? Ton frère ? Ton meilleur ami ?
— Pose ça tout de suite !
— C'est qui ?

Le fameux cliché me montre, moi, un bras passé autour des épaules de mon ancien compagnon, Robbie, avec qui je pourrais afficher un statut « c'est compliqué » si j'avais quelque chose à foutre des réseaux sociaux, et qui vient encore me voir de temps en temps, parce qu'apparemment, la thématique du casse-couilles qui passe à l'improviste est un élément récurrent de mon existence.

Notre séparation, qui a eu lieu lorsque je vivais encore à Edmonton, a été très pénible. J'en ai souffert, je ne vais pas le nier, et c'est même en partie pour ça que j'ai demandé ma mutation. J'avais besoin… d'air. Et aussi parce qu'à Banff, j'avais la possibilité de tenir la baraque, d'être le boss, ce qui en soi est plutôt plaisant, mais qui à l'époque m'a paru absolument vital. Je ressentais un besoin impérieux, viscéral, de reprendre le contrôle, et quoi de mieux pour ça qu'une jolie plaque en bronze, sur mon bureau, annonçant au monde entier que le chef, c'est moi.

Avant que survienne ma rupture, je pensais sincèrement que j'avais trouvé le bon, celui avec qui je terminerais ma vie, mais on dirait que de temps en temps, il arrive qu'on soit vraiment aveugle et qu'on ne sache pas voir que *l'autre,* lui, n'a pas les mêmes aspirations d'avenir. Le rejet que j'ai subi a été comme un gros coup de massue, d'ailleurs, je n'ai eu aucune autre relation sérieuse depuis, et c'est pour ça que presque personne ne sait que je suis gay ; pas que je le cache, mais je n'ai simplement jamais eu, ni provoqué, l'occasion de me montrer avec qui que ce soit.

Je me suis remis de tout ça, depuis, mais Robbie reste une de mes plus grandes faiblesses, parce que je le laisse aller et venir dans ma vie, encore aujourd'hui ; je le laisse m'utiliser, me faire renier mes principes, et je ne parviens pas à entreprendre quoi que ce soit pour changer ça. La preuve, je n'ai toujours pas viré cette photo, essentiellement par flemme, mais aussi parce que je crois que je suis, quelque part, un peu nostalgique de cette époque dorée qui a précédé ma fuite d'Edmonton. En tout cas une chose est certaine, là, aujourd'hui, je regrette de ne pas m'en être débarrassé plus tôt.

Je le rejoins, lui arrache le cadre des mains et le repose là où il était (facile, il y a un trou bien délimité dans la couche de poussière), face cachée, cette fois.

— Mon ex, t'es content ? Et n'essaie pas de psychanalyser qui que ce soit, j'aime bien cette photo, c'est tout. Et c'est moi qui l'ai largué.

Et je ne mens pas… enfin, pas complètement.

— Pourquoi ?

— Parce qu'il n'arrêtait pas de me poser des questions de merde.

— Arrête de jurer.

— Herschel, qu'est-ce que tu veux, exactement ?

— Pour commencer, des excuses.

Je prends une grande inspiration, parce que ce n'est pas franchement un truc que je fais régulièrement, mais il n'a pas tort. Je vais être honnête, je m'en suis voulu dès le moment où il est parti de l'hôpital sans un regard en arrière.

— Je suis désolé de t'avoir crié dessus comme je l'ai fait, dis-je le plus sincèrement possible, c'était vraiment déplacé, cette fois-ci.

Le choc est manifeste sur son visage. On dirait qu'il ne s'attendait vraiment pas à ce que je me plie à sa demande.

— Mer… euh, merci.

— C'est quoi, l'autre raison ?

— Comment ça ?

— Tu as dit « pour commencer ».

— Euh… dit-il… longuement.

Très, *très* longuement.

— T'as perdu ta langue ? Ce serait l'événement de l'année... J'ai pas de champagne au frais, mais on peut se démerder avec une bière pour fêter ça.

— Non, *merci infiniment,* c'est juste que je ne pensais pas que tu accepterais de t'excuser comme ça, sans... tu vois, sans faire de difficultés, et je.... je sais plus.

— Je suis le premier à assumer le fait que je suis parfois un con, mais ça ne m'empêche pas de reconnaître mes erreurs.

— C'est ce que je vois....

— Alors ?

Herschel semble à court de mots ; j'aimerais avoir la patience d'attendre qu'il dise enfin ce qu'il a dire, mais on ne peut pas dire que cela fasse partie de mes qualités les plus visibles.

— Bon, tu sais quoi, je vais manger ma pâtée pour chats dégueulasse dans sa barquette en plastoc et quand tu te seras décidé à me dire ton autre truc, tu me feras signe. Sinon, autre possibilité, tu peux prendre la porte en sens inverse, elle fonctionne aussi comme ça.

Je retourne dans ma cuisine, rajoute une trentaine de secondes au compteur du micro-ondes qui réchauffe mon infâme plat de lasagnes industrielles, avant de le récupérer maladroitement de ma stupide main gauche et de me rendre dans le salon en pestant pour la énième fois contre l'abruti qui a inventé le verglas. Je parviens assez rapidement à trouver une chaîne, sur la télé, qui m'intéresse vaguement (le critère étant relativement souple : pas de télé-réalité à la con, et un volume sonore suffisamment élevé pour souligner le fait que j'aimerais qu'on me foute la paix) avant de commencer à manger, mon assiette en équilibre sur les genoux, mon cul vissé au fond du canapé et Meatball, assis devant moi, qui ne me lâche pas d'un cil au cas où je ferais tomber un morceau par terre.

On ne sait jamais.

Je redouble d'efforts pour faire abstraction d'Herschel, qui décide, malgré mes signaux aussi accueillants que subtils, de venir s'asseoir à côté de moi, comme s'il était chez lui, mais c'est apparemment peine perdue.

— Est-ce que c'est un style que tu veux te donner, ou bien tu es vraiment *toujours* désagréable ? Non, parce que même si ton côté autoritaire ne me laisse pas indifférent, c'est quoi l'histoire ?

— Il n'y a pas d'histoire. Et je crois t'avoir demandé : *pas de psychanalyse.*

— J'essaie juste de comprendre par quel angle je peux t'approcher sans me prendre un tir de semonce.

— T'as un penchant pour le sado-maso ? lancé-je alors en ignorant superbement ce qu'il vient de me dire.

Je l'observe du coin de l'œil pour observer sa réaction, mais il reste, étonnamment, assez stoïque.

— Pourquoi tu me demandes ça ?

— Parce que ça expliquerait pourquoi t'es là. Non, je précise : pourquoi t'es *encore* là.

Le soupir mi-offensé, mi-amusé (amusé ? et merde) qu'il pousse m'oblige à fixer mon attention sur lui. Les quelques secondes que je prends pour l'observer ne sont, a posteriori, pas une si bonne idée que ça. En étant honnête avec moi-même, ça m'emmerde de l'avoir repoussé aussi brusquement chez lui, parce qu'il est vraiment sexy, et je suis bien incapable de chasser de ma mémoire la sensation de son corps contre le mien, mais lui et moi, j'en suis profondément convaincu, ça serait une catastrophe annoncée.

— Pourquoi tu soupires comme ça ?

— Pour rien. Ça va, le bras, au fait ?

— J'ai mal, mais les médicaments aident. Pourquoi t'es là, Herschel, bon sang ?

— Je peux te filer un coup de main pour ton ménage, tu sais ?

— C'est pour *ça* que t'es venu ? Faire mon *ménage* ? Ça m'étonnerait, t'étais quand même bien fâché contre moi, à raison, en plus.

Il a l'air d'hésiter, et je sais déjà pertinemment que la raison de sa présence est tout autre, mais puisqu'il n'a pas l'air décidé à parler avec franchise, il semble opter, d'un seul coup, pour cette idée. J'en serais presque amusé si mon épaule n'était pas aussi occupée à me hurler dans les tuyaux. *En allemand.*

— Ouais, voilà, exactement. Je te l'ai dit, à l'hôpital, même si tu es désagréable au possible, et aussi bourru, borné, et autoritaire, je me sens un peu coupable malgré tout. Je pourrais ranger ton salon, aujourd'hui, et… je ne sais pas… t'aider, pour d'autres trucs. La cuisine, notamment, parce que tu sais que les plats tout prêts comme celui que t'es en train d'essayer de manger, ce n'est pas terrible.

— Tu ne t'approches pas de ma cuisine, je n'ai aucune envie que t'y mettes le feu ou que tu te blesses.

— D'accord, d'accord, pas de cuisine. Donc on est d'accord pour le ménage, alors ?

— Non ! Tu serais capable de te casser une jambe aussi en passant la serpillière ! J'essaie de sauver ta vie, là.

Il se lève, m'ignore superbement à son propre tour, puis dépose un baiser sur ma joue.

— Tu fous quoi !?

— Ferme donc ton clapet et termine ta lasagne, je m'occupe du reste. Et c'est promis, je n'approche pas de ta cuisine. Et je ne vais rien me casser si je passe la serpillière, je vais finir entier, c'est promis.

— Herschel….

— Non. Tu m'as régulièrement demandé de me taire et de faire ce que tu me disais, alors cette fois-ci, c'est mon tour. Même si tu t'es excusé, vu la manière dont tu m'as parlé à l'hôpital, il faudrait commencer à penser à te rattraper. Ça tombe bien, je t'offre ta chance *aujourd'hui*.

Je ne sais même pas quoi répliquer. Herschel est une vraie tête de mule, quand il s'y met, même s'il a raison sur un point, car, oui, j'ai dépassé les bornes quand je lui ai hurlé dessus aux urgences. Je dois également avouer que je ne suis pas assez en forme pour me battre avec lui (même si j'ai probablement davantage de force dans mon bras gauche que lui dans ses quatre membres) et que voir son corps sexy s'affairer à ranger le bordel de mon salon me plaît, plus que je ne saurais l'admettre.

— Merci, marmonné-je.

— De rien ! me dit-il en m'envoyant un clin d'œil.

Herschel

Sawyer s'est endormi dans son canapé. Après avoir terminé son repas, il a pris ses médicaments et, assez rapidement, il s'est assoupi, me laissant le loisir de rester chez lui et de jouer les hommes d'intérieur. Je ne devrais pas ressentir ce genre de sentiment, mais l'idée de faire ça de manière permanente ne me laisse pas indifférent. Des images en succession rapide n'ont pas arrêté de passer dans ma tête sans discontinuer. Nous deux en couple, lui rentrant du travail le soir dans son uniforme, moi ayant passé la journée à écrire, l'accueillant avec un baiser torride et un bon plat préparé avec amour, une recette de mon père, bien entendu. Oui, l'idée me donne le sourire, mais c'est aussi assez flippant, parce que je n'ai jamais eu d'aspiration aussi forte que celle-là. Avec mon ex, j'étais plutôt du genre indépendant, à faire ma vie de mon côté, et à mettre un point d'honneur à ne surtout pas devenir le conjoint qui reste à la maison, mais après tout, fantasmer sur une situation fictive ne peut pas me faire de mal. Ça reste un fantasme. Hein ?

Quoi qu'il en soit, mon après-midi ne s'est absolument pas passé comme je l'avais prévu. Mon plan était simple, venir le voir sans détour et lui proposer un rencard, tout simplement. Mais je reste un froussard, idiot de surcroît (idiot *du village*, dirait ma sœur), parce que c'est la seule explication qui permettrait de justifier mes raisons de m'accrocher aussi vite à un homme tel que lui. Ça fait une semaine que j'ai rencontré Sawyer Lundblad et j'ai déjà l'impression d'avoir les hormones en ébullition.

Il ne m'a pas fallu si longtemps pour remettre de l'ordre dans la pièce principale. Sawyer est juste désordonné, il nettoie quand même un minimum, apparemment, et c'est assez rassurant, sinon je devrais *encore* rajouter des items à la liste déjà considérable de ses défauts, même si en soi, je suis conscient que la mienne n'est pas mal non plus. Personne n'est parfait, en réalité.

Je reste donc là, assis à l'angle de la table basse, à le regarder dormir. Je ne l'ai jamais vu aussi détendu, et je me retiens de lui sauter dessus une nouvelle fois. Je dois vraiment la jouer fine avec Sawyer, sinon il va encore m'échapper, et probablement me traiter de tous les noms au passage.

Mon téléphone qui vibre dans ma poche me sort de ma contemplation. Je remarque alors qu'il s'agit d'une notification de Facebook, qui me montre un souvenir d'il y a deux ans, maintenant. La photo me montre avec mon ex de l'époque, Aaron, alors qu'on était ensemble et heureux.

— Pourquoi tu fais cette grimace ?

Je sursaute et lorsque je lève le nez de mon écran, je tombe sur Sawyer, toujours allongé, mais les yeux braqués sur moi.

— Pour rien, me dépêché-je de répondre en rangeant mon téléphone. Bien dormi ?

— Je ne me souviens pas de m'être assoupi, en toute honnêteté.

Sawyer tente de se redresser, mais cet idiot s'appuie sur son mauvais bras.

— Ah, bordel de…

— Attends, tiens.

Je tends ma main vers lui. Il hésite un instant, avant de finalement accepter mon aide pour se relever.

— Merci, dit-il avant d'écarquiller les yeux. Eh, mais putain, mais t'as vraiment tout rangé ! Incroyable ! Je te remercie.

Il plisse soudain les yeux et me jette un regard empli de soupçons :

— T'as rien pété quand même, j'espère. Toi, y compris ?

— Non, je n'ai rien cassé et je suis vivant, comme tu peux le constater. Et, dis-moi, t'es vraiment obligé de jurer sans arrêt ?

— Carrément, ouais. Sinon je me désintègre. Comme ça : pouf !

Le fantôme d'un sourire apparaît sur ses lèvres tandis qu'il mime une explosion de sa main valide.

— Tu trouves ça drôle ? m'amusé-je.

— Tu vas me faire payer, alors ?

— Hein ?

— Le ménage, je dois te payer ?

Ce qu'il peut m'agacer quand il change de conversation comme ça, sans me répondre.

— Bien sûr que non, mais…

— Mais ?

77

Mais tu ne voudrais pas dîner avec moi ? Ou, je ne sais pas, me plaquer contre le mur et m'enfoncer ta langue dans la bouche... Peu importe l'ordre.

— Mais, euh... rien du tout.

Je ne sais plus où me mettre. Je suis loin d'être timide, d'ordinaire, mais là, je me sens perdre mes moyens. Sawyer est trop... *tout*.

— Herschel ?

— Oui ?

Je lève les yeux vers lui et lorsqu'il se met à sourire, *véritablement* sourire, cette fois, sans malice ni arrière-pensée, je fonds.

— Viens avec moi, je dois aller promener Meatball.

— D'accord.

Et c'est dans le froid hivernal que j'accompagne Sawyer et son chien. Le sergent est silencieux tout au long de notre balade, mais je ne ressens aucune forme de tension. Il se contente de marcher, à une allure raisonnable, cette fois-ci, et il ouvre la bouche uniquement pour appeler son berger allemand de temps à autre. Il gèle à pierre fendre, dehors, mais je supporte sans rien dire, parce que je suis déjà extrêmement content que Sawyer ne m'ait pas foutu à la porte à mon arrivée.

Quand nous rentrons sans hâte, je dois me faire une raison, je n'aurai jamais le courage de lui proposer un dîner en tête à tête, et lui n'a pas l'air bien décidé à remettre sur le tapis ce qu'il s'est passé entre nous. Je reviens chez moi quelque peu dépité et termine ma soirée devant mon ordinateur, en compagnie de mes personnages, trop heureux de trouver dans leurs tribulations une échappatoire aux pensées douces-amères qui refusent de me quitter.

Chapitre 8
8 décembre

Herschel

Je comprends mieux maintenant pourquoi, sorti de nulle part, Sawyer m'a demandé si je n'avais pas des tendances sado-maso, parce que tout prend sens aujourd'hui alors que je me retrouve, encore une fois, sur le palier de mon flic bourru. Hier, j'ai accepté de filer un coup de main à mon père dans son restaurant, pour le dépanner, parce qu'une de ses serveuses était malade. J'étais donc bien trop occupé pour penser à Sawyer, mais aujourd'hui, j'ai vraiment envie de le revoir, et je sens bien que ça me travaille. J'ai longuement réfléchi et j'ai commencé à élaborer une ébauche de plan, dans ma tête. Quand j'ai pris ce bout de papier, ce matin, et que j'ai écrit les mille et une façons de faire craquer mon sergent grognon, je trouvais mes idées plutôt pas mal, sur le moment, à chaud, mais là, à cet instant précis, tandis que je suis en train de sentir mes extrémités geler progressivement, je me dis que c'est purement et simplement stupide. J'hésite tellement longtemps à frapper que d'un seul coup, la porte s'ouvre, et Meatball me saute dessus : Sawyer a eu le temps de me voir poireauter devant chez lui.

— Dis-moi que je rêve, soupire alors mon hôte.

Je donne encore quelques caresses à mon nouveau pote avant de lever les yeux sur son maître.

— Tu rêves de moi ? osé-je le taquiner.

Il ne s'attendait pas à ma réponse, je le vois par l'étonnement manifeste plaqué sur son visage un court instant avant qu'il ne se ressaisisse.

— Non, mais je me dis que ma vie serait quand même bien moins imprévisible sans mon emmerdeur de première favori.

— C'est moi, l'emmerdeur ?!

— Exactement.

Je ne m'en offusque même pas, à vrai dire, car le fait qu'il ait dit « mon » emmerdeur de première me fait plus plaisir qu'autre chose. Je n'arrive même pas à cacher mon sourire, et encore moins quand je remarque qu'aujourd'hui, Sawyer est habillé d'un simple tee-shirt qui épouse à la perfection son torse puissant et d'un pantalon de jogging en coton qui me fait baver instantanément.

— Herschel ?

— Hein ? Quoi ?

— Rentre, s'il te plaît, je ne paie pas le chauffage pour faire fondre la neige dehors.

Je ne me fais pas prier, et ce pour deux raisons : d'abord, parce que je pensais que j'allais me faire claquer la porte au nez, et ensuite, parce que ça doit être la première fois depuis notre rencontre que Sawyer me demande quelque chose en ajoutant une formule de politesse en fin de phrase. Toutefois, j'ai à peine fait un pas dans la maison que celui-ci disparaît.

— Sawyer ?

Il revient, une bière à la main, et je suis encore plus estomaqué quand il me tend une bouteille.

— Euh... merci... mais... je ne bois pas d'alcool.

— Sérieusement ?

— Sérieusement, oui, et je ne pense pas que ce soit judicieux que *tu* en boives alors que t'es sous médicaments.

Sawyer revient sur ses pas, pose alors les deux bouteilles sur sa table du salon, en silence. Je commence à me dire que je vais peut-être parvenir à l'apprivoiser, en fin de compte. Ensuite, il récupère un cachet dans l'un de ses flacons en plastique, le met dans sa bouche, et le fait descendre avec une interminable gorgée de bière, le tout en me fixant, ses yeux rivés dans les miens, sans sourciller. J'ai peut-être été un rien optimiste, sur ce coup-là.

— Tu es un imbécile, Sawyer.

Il se met alors à rire.

— Et tu trouves ça drôle !

— Assez, en fait.

— Ta santé n'est pas une plaisanterie. Tu dirais quoi si je me mettais à faire exactement la même chose ?

Son regard s'assombrit alors, et je réalise que je pourrais avoir peur, là, tout de suite, mais ce n'est pas le cas, c'est même tout le contraire.

— Que me vaut l'honneur de cette visite ? me lance-t-il, changeant de sujet avec le naturel d'un politicien une veille d'élections, parce que mon ménage est déjà fait, mais j'ai du repassage, si tu veux passer le temps, quoique… te mettre en main un fer à repasser, je ne suis pas certain que ce soit une bonne idée, à la réflexion. Tu veux faire les vitres ?

Je me retiens de lever les yeux au ciel.

— Je voulais savoir comment t'allais, imbécile, et puis… je dois aller faire des courses chez IGA[3] et comme je sais que tu ne peux pas conduire… enfin, si t'as besoin de quelque chose…

— Tu me proposes de m'emmener en courses !?

— Oui. Ou alors tu me fais une liste, je ne sais pas, c'est pour rendre service, je ne t'oblige à…

— Herschel ? me coupe-t-il.

— Ouais ?

— Viens ici, m'ordonne-t-il en faisant un léger mouvement de l'index vers son propre torse.

J'hésite quelques instants, puis parviens enfin à faire bouger mes jambes jusqu'à lui. Je m'arrête à deux bons mètres, une distance de sécurité, en somme.

---

[3] Chaîne de supermarchés.

— Plus près.

J'ai envie de lâcher un gémissement parce que lorsque Sawyer me donne des ordres, j'ai tout simplement envie de fondre sur place. Je suis d'une faiblesse, c'est pathétique.

Quand j'arrive à sa hauteur, mes yeux se fixent sur sa gorge. De sa main valide, il empoigne mon menton et me fait relever le nez pour croiser son regard dur.

— C'est un jeu, pour toi ? me demande-t-il froidement.

— Hein ?

— Tout ce que tu fais, c'est un jeu ? Parce que, Herschel, ça ne m'amusera absolument pas si c'est le cas. J'ai assez donné, de ce point de vue là, dans ma vie. Alors ?

— J'ai juste envie de passer du temps avec toi, avoué-je.

— C'est une très mauvaise idée, même si ton offre est généreuse.

Ce qui sort ensuite de ma bouche n'est jamais passé par la case *cerveau*. Je m'en souviendrai.

— Pourquoi ? T'as peur de tomber amoureux ?

J'ai instantanément envie de me gifler, ou de m'arracher la langue pour être capable de sortir des trucs pareils. Et il faut sérieusement que j'arrête de lire des histoires d'amour à tout va ; je vois bien que ça me détraque le cerveau, c'est affreux.

Je m'attends maintenant à ce que Sawyer se moque de moi, mais il me fixe, concentré, et je peux voir au fond de ses yeux qu'il réfléchit plutôt intensément. Je me sens minuscule devant son regard perçant. Je suis à deux doigts de lui demander ce qu'il a lorsque sa bouche se plaque soudain sur la mienne, sans aucune délicatesse. Je suis plus que surpris. C'est possessif, brutal, et surtout, inattendu, mais j'imprime tout de même dans mon esprit le contact de ses lèvres chaudes et légèrement gercées. J'ai peur, un moment, que mes jambes ne me lâchent, mais ce baiser se termine bien trop vite, m'empêchant de me ridiculiser une fois encore. L'instant de grâce prend fin, bien trop tôt à mon goût, hélas. J'en veux plus. Mille fois plus.

Sawyer me laisse planté, abasourdi, au milieu du salon. Quelques secondes plus tard, quand j'entends mon prénom, je sursaute et remarque qu'il a ses bottes aux pieds et son manteau sur le dos (moins son bras droit, toujours collé contre son torse).

— Alors, on va les faire, ces courses ? Ou tu veux jouer au piquet de tente au milieu de mon salon ?

Sawyer

— Je suis effaré, tu oses me faire la morale avec ma bière, mais toi, tu manges vraiment n'importe comment, lancé-je en avisant le contenu du caddie, côté Herschel.
— Bah pourquoi ? Regarde, j'ai pris des fruits, des légumes…
— … et des gâteaux, et encore des gâteaux, le coupé-je, et… c'est quoi, ça ?
— Un *pan de siosa* au *cream cheese*. C'est super bon, surtout avec du thé.

Je n'arrive même pas à me retenir de le regarder de haut en bas. Il n'est quand même pas épais et je me demande comment il fait pour garder la ligne en mangeant des merdes pareilles. Ça doit être le thé. De toute façon, objectivement, il n'y a pas tellement d'autre raison de boire de la flotte chauffée à 80°C. Je devrais m'y mettre, pour voir.

— Et ne me reluque pas comme ça ! s'énerve-t-il, sans grande conviction malgré tout. J'ai un bon métabolisme, c'est tout.
— Avec un régime alimentaire digne d'un enfant de 5 ans.
— T'as de la chance d'être blessé, je pourrais te faire manger tes dents pour ce genre de remarque condescendante.

Je me mets à rire à gorge déployée, incapable de me retenir.
— Allez viens, on va payer, ça t'évitera de raconter des conneries plus grosses que toi.

Il bougonne, mais m'obéit tout de même. C'est ça qui m'amuse, avec Herschel, à chaque fois, il râle pour la forme, mais il finit *toujours* par faire ce que je lui dis, même si je sais très bien qu'il m'écoute parce qu'il en a envie, parce qu'une partie de lui aime que je sois autoritaire, et qu'au final nos intérêts convergent. Surtout quand il s'agit de le faire venir jusqu'à moi et de décider de jouer les poissons-ventouses avec sa bouche.

Non, mais ça ne tourne pas rond chez moi !

Je n'aurais jamais dû l'embrasser, parce que je ne fais que l'encourager, mais bordel, j'en avais tellement envie. Parfois, je me dis que je pourrais mettre à la poubelle mes principes à la con et foutre dans mon lit le petit cul appétissant de mon emmerdeur de première ; conséquences ou non, je suis certain que je passerais un très bon moment.

Un bon quart d'heure plus tard, nos courses chargées et payées, Herschel se gare devant chez moi.

— Tu sais, commence-t-il, si tu trouves que je me nourris mal, tu n'as qu'à le faire.

Je pivote légèrement sur mon siège pour pouvoir l'étudier et, non, il n'a pas l'air de plaisanter. Une image de moi lui donnant à manger à la petite cuillère s'imprime dans ma tête sans prévenir et ça me répugne un chouïa.

— Alors je t'arrête tout de suite, le *daddy kink,* ça ne m'intéresse absolument pas.

L'air outré qu'il me renvoie est assez adorable.

— Quoi ! Euh, mais non ! Je ne parlais pas de ça ! Mais t'as vraiment l'esprit mal placé, c'est pas possible !

— Rappelle-moi ce qu'il y a avait sur ton pull quand tu es venu au poste, l'autre fois ? Ce n'est pas *moi* qui lis des livres de cul quand je dois patienter dans un lieu public, m'amusé-je alors, parce que c'est tellement facile de l'enquiquiner.

— Là n'est pas la question ! Enfin, bref... je me disais que tu pourrais me montrer tes talents culinaires, cuisiner pour moi, m'inviter à dîner... tu vois ?

— Avec un bras en moins ?

— Ah oui, je n'avais pas pensé à ça, grimace-t-il avant de tourner la tête vers l'extérieur, de son côté.

— Herschel, tu peux arrêter de tourner autour du pot, s'il te plaît. Depuis hier, tu évites le sujet. Demande-moi ce que tu veux me demander et qu'on n'en parle plus.

Parce que, peut-être, et je dis bien *peut-être* que j'ai longuement réfléchi à tout ça et que je suis prêt à t'écouter.

Sa poitrine se soulève amplement. Je le vois resserrer ses mains sur le volant, qu'il n'a pas lâché depuis qu'il s'est garé.

— Tu me plais, Sawyer, et j'aimerais vraiment que tu me donnes ma chance, que t'acceptes de sortir avec moi.

— Je t'ai dit que…

— Je sais ce que tu as dit. Ce soir-là, tu es parti du principe que je ne voulais que m'amuser, mais ça n'est pas le cas, enfin… je n'avais rien prévu sur le moment, mais je ne m'attendais certainement pas à coucher avec toi et à te mettre à la porte après avec un « c'était sympa ». Enfin, quoique… on pourrait aussi s'avérer être incompatibles, en fin de co…

— Tais-toi.

— D'accord.

— Herschel, regarde-moi.

Il fait non de la tête comme un gosse surpris la main dans la boîte à bonbons.

— Herschel, je ne vais pas te bouffer si tu me regardes.

Il se met à rire et ose enfin tourner son visage vers moi.

— Je ne suis pas le prince charmant, Herschel. Je suis peut-être flic, ce qui, je te l'accorde, est un fantasme pour certains, mais la majorité de mon temps, je la passe à faire de la paperasse, à gérer des effractions dans les commerces du coin, ou à arrêter les touristes qui sortent de boîte bourrés et qui décident de se taper dessus comme des hommes de Neandertal, et je peux t'assurer que ça n'a rien de glamour. Je ne suis pas un héros comme dans tes livres de cul, je suis ennuyeux au possible, et quand je ne fais pas de sport, je passe mon temps libre à… ne rien foutre, en fait. Et au lit, je te préviens, et je vais peut-être te décevoir, mais j'aime la baise pépère. Avec moi, t'auras pas droit tous les soirs à la brouette suédoise ou au tourniquet javanais, d'accord ? Je ne vais pas te faire l'affront de te citer mes principaux défauts, parce que je suis certain que tu as déjà coché pas mal de cases de ton côté.

— Ça veut dire que je ne peux pas avoir de rendez-vous ?

Je ne retiens même pas le grognement qui sort de ma gorge, parce qu'il me rend dingue, à tout comprendre de travers. Je chope alors gentiment son manteau dans mon poing au niveau de son plexus et le force à me rejoindre. Son visage se retrouve tout près du mien, assez près pour remarquer les variations de couleurs dans ses iris, mais encore assez loin, malgré tout, pour que je distingue avec une netteté sans égale le moindre de ses traits.

— Tu n'as pas entendu ce que j'ai dit ?
— Si, si, je…
— Je n'ai pas envie de jouer, le coupé-je.

Et je n'ai pas non plus envie de te faire du mal à *toi*, en réalité.

— Mais pourquoi tu crois que ça m'amuse ?
— Parce que tu es jeune. J'ai eu ton âge, Herschel, je sais comment on fonctionne, nous les mecs, gays, de surcroît.
— Alors, laisse-moi te prouver le contraire.

Je le relâche enfin, mais Herschel ne s'éloigne pas, non, il se rapproche encore plus, jusqu'à passer ses bras autour de mon cou en prenant soin de ne pas s'appuyer sur mon épaule blessée, puis il se réfugie contre moi. Je reste un instant interdit, ne sachant pas quoi faire. Je pourrais le repousser, mais non, je le laisse se blottir de tout son soûl et je m'autorise quelques secondes à respirer l'odeur de ses cheveux, que je trouve tout aussi addictive que le reste.

— Je ne sais pas qui t'a fait du mal, Sawyer, si c'est ton ex, ou un autre, mais je ne suis pas comme ça, je te le promets. Je veux juste une chance, dit-il à voix basse avant de s'écarter de moi et de se remettre à sa place. Et puis j'aimerais vraiment que tu arrêtes de dire que ce sont des livres de cul.

Je pouffe de rire devant l'improbabilité de sa conclusion.

— C'était pour quoi, le câlin ?
— J'en avais envie, dit-il en me souriant. Alors, réponds-moi franchement, je peux l'avoir, mon rendez-vous ?

Chapitre 9
10 décembre

Herschel

Je suis en train de réajuster mes cheveux devant le miroir.
— Donc, tu as un rencard à midi ? C'est bizarre, me lance ma sœur, à côté de moi, qui m'observe, les yeux plissés, comme un inspecteur des travaux publics devant une probable malfaçon.
— Je ne sais pas, y'a une règle qui dit qu'on doit obligatoirement sortir le soir ?
— Un peu, oui ! La nuit, ça inspire toujours… les baisers sous le ciel étoilé, le sexe dans la pénombre, tu vois ?
— Il ne se passera rien.
— Comment tu peux le savoir ? Tu es sexy, qui pourrait te résister ?
— Sawyer, en l'occurrence.
Même si j'ai eu droit à un baiser sorti de l'hyperespace, que, pour une fois, je n'avais absolument pas cherché à déclencher. Ça compte ou pas ?

Je rejoins ma chambre, ma petite sœur sur les talons, et lui tends les deux pulls entre lesquels je n'arrive pas à me décider. Elle me désigne alors le gris, qui est peut-être moins chaud que l'autre, mais qui ira parfaitement, d'autant que je vais le porter par-dessus une chemise. Je l'enfile et lui montre le résultat avec enthousiasme.

— Parfait !

Vera s'approche, l'œil circonspect, avant de passer négligemment ses mains sur mes épaules comme si elle enlevait des poussières invisibles.

— Mon grand frère va épouser un flic sexy.

Je choisis de ne pas commenter et me contente de lever les yeux au ciel, avant de quitter la chambre pour aller enfiler mon manteau.

— T'en sais rien, en vrai ! s'amuse-t-elle.

— Je vais déjà tâcher de réussir le premier défi.

Je mets mes chaussures de neige, qui n'ont rien de sexy, elles, en l'occurrence, mais pas le choix. Avec les températures actuelles, si je sors en portant quoi que ce soit de moins épais, je peux directement dire au revoir à mes orteils.

— Et il consiste en quoi, ce premier défi ?

— Passer la barre avec suffisamment de marge pour avoir droit à un deuxième rendez-vous.

Et je ne vais pas m'amuser à rentrer dans les détails. Petite dévergondée.

— Il faudrait que tu arrives à l'heure pour celui-là, déjà, m'annonce-t-elle, soudain alarmée.

Je regarde ma montre et constate avec effarement qu'il est beaucoup plus tard que je le croyais. J'embrasse ma sœur à la hâte, m'emmitoufle sous mes couches de manteaux avec tout autant de précipitation et sors en trombe, non sans accrocher au passage la poignée de la porte avec un passant de mon pantalon. Vera vole à mon secours avant que je ne m'étale comme une vieille chaussette ivre et me libère de mon immobilisation avant de me chasser d'une bonne claque sur les fesses. Elle a les clés en main, elle pourra tout verrouiller en partant. Moi, je suis à la bourre, alors je file.

Quand j'arrive devant chez Sawyer, je n'ai que deux minutes de retard, ce qui constitue une sorte de miracle en soi. À sa porte, j'entends Meatball japper de l'autre côté. Son maître apparaît à son tour quelques secondes plus tard.

— Hé, le salué-je.
— Tiens, mais qui voilà...

Le chien, comme à son habitude, me fait une fête endiablée et je m'accroupis un instant pour lui donner les caresses qu'il mérite. Cette bête qui m'impressionnait – comme son maître, d'ailleurs – est un nounours adorable, en fin de compte. Et c'est sur ce plan précis qu'il se démarque assez nettement du taciturne sergent Lundblad.

— Tu m'as invité, cette fois-ci, répliqué-je à Sawyer.
— En effet.

J'ai droit à l'ombre d'un sourire, d'un genre que je n'avais encore jamais vu, comme si mon flic bourru était attendri par l'idée. Il siffle ensuite son chien qui se met au garde-à-vous en un instant, tout en remuant la queue.

— Dans ton panier, mon pote, et pas de conneries, je te préviens. On ne boit pas l'eau des chiottes, on ne gerbe pas dans mes pompes et on ne me confectionne pas par surprise un couvre-canapé en poils de clébard, pigé ? C'est bien clair ? Je reviens vite.

Pour toute réponse, Meatball quémande quelques caresses à son maître avant de se diriger vers son panier comme on l'y a invité, tandis que Sawyer enfile non sans mal son manteau.

— Mais... on sort ?
— Je t'ai promis un rencard, non ? Donc oui, on va aller manger dehors.
— Je... je pensais qu'on resterait chez toi et...

Sawyer fronce les sourcils et j'ai soudain peur d'avoir dit une connerie.

— Je te rappelle que j'ai un bras en moins, difficile de cuisiner dans ces conditions. Pourquoi ? T'as honte qu'on te voie avec un autre homme ?
— Non, non, du tout... je suis étonné, je ne pensais pas que....

Je bloque bêtement.

— Bon sang, Herschel, termine tes putains de phrases, je t'en supplie.

Je suis en train de tout gâcher et ça m'énerve.

— Je ne pensais pas que *tu* accepterais de dîner avec moi, à visage découvert, je veux dire. Que les gens sachent que...

— Je ne suis pas dans le placard, techniquement parlant, si c'est ce que tu veux dire.

— Mais tu n'es pas non plus *out* à proprement parler. À mon avis, les gens, à Banff, n'ont aucune idée que leur chef de la police est gay, et, puis il y a tes collègues, qui pourraient nous voir, et si ça ne leur plaît pas ?

Les traits de son visage se durcissent ; je pourrais m'en effrayer, mais c'est tout le contraire, parce que je commence à mieux le connaître.

— Et je m'en branle totalement, ça ne regarde personne, ce que je fous de ma vie privée. De toute façon, les gens n'oseraient jamais me dire quoi que ce soit, je leur fais beaucoup trop peur. Maintenant, si *toi*, ça t'emmerde, on annule, tu...

— Non ! le coupé-je, même pas en rêve. Je t'ai, et rien qu'à moi, au moins pour ce midi, alors j'ai bien l'intention d'en profiter.

Sawyer me lance un petit regard de... fierté ?

— Je préfère ça. Allez, viens.

Une courte demi-heure plus tard, nous sommes attablés dans un des restaurants de la ville et avons tout juste passé notre commande. Sawyer a déjà une bière à la main, alors que de mon côté je me contente de ma sempiternelle eau gazeuse.

— Il est temps de faire connaissance, non ?

— Si ça t'amuse.

— Sawyer... râlé-je, c'est le principe du rencard. Si ça te convient, je te pose une question, et si tu me réponds, sans te défiler, puis tu auras le droit de m'en poser une à ton tour.

— C'est le jeu des 20 questions, donc ?

Le demi-sourire taquin auquel j'ai droit me conforte dans l'idée que je ne vais pas me faire envoyer bouler. Enfin... ça en aura peut-être la forme, mais l'intention n'y sera pas, et c'est tout ce qui compte.

— Exactement. T'es partant ?

— Est-ce que j'ai vraiment le choix ? s'amuse-t-il.

— En fait, non, monsieur bougon. Tu n'as pas le choix.

— Vas-y, envoie, alors.

— Tu as toujours voulu être flic ?
— C'est ça, ta première question ?
— Réponds, c'est tout !

Je bois une gorgée de mon eau pétillante en attendant sa réponse. Il réfléchit quelques instants, et j'ai hâte qu'on me dévoile l'histoire derrière le personnage.

— Non, pas spécialement, commence-t-il.

Mais alors que je pense qu'il marque un temps de pause avant de me relater la suite, il... s'arrête.

— Et c'est ça, ta réponse ?
— Oui, et donc c'est à mon tour, là, c'est bien ça, ton petit jeu, non ?
— Mouais...

Nos plats arrivent alors qu'il réfléchit toujours. Je n'ai même pas été étonné quand il a commandé un énorme steak de bœuf. Mon assiette de poulet a l'air tout aussi délicieuse, le sang dégoulinant et la crise cardiaque à quarante-cinq ans en moins.

— C'est ton tour, lui rappelé-je en commençant à manger.
— Pourquoi tu es revenu vivre à Banff ? J'avais cru comprendre que le fils Richter était parti pour la grande ville sans se retourner.

La grande question. Celle qui remue pas mal d'insécurités, si je dois être parfaitement honnête. Quand je commence ma petite tirade – parce que je ne peux pas me permettre de répondre « non, pas spécialement », *moi*, je me mets à fixer les bulles qui remontent doucement dans mon verre, en tâchant de paraître le plus détaché possible. Faire comme si ce n'était rien, c'est mon maître mot, en général, même si, au fond, rien n'est moins vrai.

— C'est... compliqué, mais pour aller à l'essentiel, avant, j'étais courtier en crédit immobilier dans une grande firme, et... j'ai accusé mon patron de harcèlement sexuel. Enfin, parce qu'il y a *eu* harcèlement, hein, je n'ai rien inventé... Hélas pour moi, il a réussi à me faire passer pour un menteur. J'ai donc perdu mon boulot, la plupart de mes amis, qui étaient aussi des collègues, et mon copain, quand je lui ai dit que je voulais revenir vivre, pour ne pas dire m'enfuir, près de chez mon père, et que lui ne se voyait pas déménager, et je cite, *chez les ploucs du fin fond des montagnes.*

Je ris de manière un peu forcée, mais il vaut mieux, non ? Quand je lève les yeux vers Sawyer, pour observer sa réaction, je ne m'attendais pas à ce qu'il arbore le regard d'un homme sur le point de commettre un meurtre.

— Et si tu me donnais la version non édulcorée, Herschel ?
— Je t'assure…
— Qu'est-ce qu'il t'a fait exactement, ce banquier de mes deux ?
— Sawyer, ne t'inquiète pas, s'il te plaît. C'étaient… des mains aux fesses, des allusions sexuelles, ce genre de trucs, mais c'est du passé, donc on oublie.

Enfin, le soir, au moment de m'endormir, je n'oublie pas tellement, mais ça, Sawyer n'a pas vraiment besoin de le savoir.

— Ça ne risque pas de me sortir de la tête. Désolé.

Ma poitrine se serre en entendant cette remarque qui résume si bien mes derniers mois.

— Tu me donneras son nom, un jour, précise-t-il, non pas comme une requête, mais comme s'il m'annonçait calmement que ce week-end, il allait partir à la pêche.
— Sawyer, non, s'il te plaît. C'est un minable, il ne mérite même pas qu'on perde une seule seconde pour lui.
— Un petit salopard t'a fait du mal, dans une position de pouvoir, en plus, et je dois l'accepter ?
— Pas l'accepter, juste… passer à autre chose. Je te le demande, sincèrement.

Je suis soulagé quand il consent à clore cette question épineuse, même si je lis dans son regard toute la colère qu'il ressent et je ne vais pas mentir, ça me donne envie de me réfugier dans ses bras pour qu'il me dise que tout ira bien. Nos discussions continuent sans temps mort alors qu'on déguste nos assiettes. Je pensais que Sawyer n'allait pas jouer le jeu, mais il se laisse faire de bonne grâce, et même s'il semble s'amuser beaucoup trop à rester intentionnellement vague sur certaines réponses, je passe, malgré tout, un excellent moment.

Sawyer

Je n'aurais jamais dû accepter de me rendre à ce rencard, pour la simple et bonne raison que ça n'arrange en rien mes affaires. Je pensais qu'apprendre à connaître mon emmerdeur de première me donnerait vite envie de courir dans l'autre sens, mais l'homme a ses charmes, c'est certain, et indéniable. Je garde toutefois en mémoire l'histoire de son petit enculé de patron. Ça me fout dans un état de rage absolument terrible qu'on ait pu faire du mal à Herschel, ce garçon certes gauche, un peu niais, mais parfaitement inoffensif, en toute impunité, et je ne comprends même pas comment il est possible que la situation se soit retournée aussi complètement contre lui, comment son mec a pu le laisser tomber après ça.

— Je n'arrive pas à croire que tu aies huit frères et sœurs, s'amuse mon interlocuteur après que j'aie répondu à sa question portant sur ma famille.

— Mes parents ont bien bossé. Et ils n'avaient pas beaucoup de hobbies, à l'époque, faut croire.

— Ils ont bien accepté que tu sois…

— Gay ? finis-je sa phrase pour lui.

— Oui.

— Plutôt bien, je dirais. Avec neuf gosses, de toute façon, statistiquement, il en fallait un. J'ai eu plus de mal avec mon grand frère. C'est toujours délicat aujourd'hui, mais il a appris à faire avec. Toi, tes parents ?

— Ma mère a pris mon coming-out plutôt bien, elle aussi ; pour mon père, au début, ça a été très compliqué. Mes parents sont… *étaient* hyper croyants, tu vois, du genre à aller à la messe le dimanche. Comme je te l'ai dit, ma mère est décédée. C'était plus de l'ignorance qu'autre chose, pour mon père, au final. Ma maman aimait tout le monde, et elle lui a vite expliqué que si elle devait choisir entre son fils et son mari, la décision serait vite prise, alors il a rapidement compris qu'il devait rectifier le tir ou nous perdre tous les deux. Après ça, il a fait amende honorable un temps, et puis il a vraiment eu le déclic, par lui-même, et ensuite, il s'est juste montré remarquable, jusqu'à acheter des bouquins pour aller au bout du processus d'acceptation, comprendre par quoi je suis passé devant son rejet, la totale. Avec le temps, il a vraiment accepté, sans réserve, au plus profond de lui, et maintenant, il s'en fout, je crois ; il a compris que ce n'était pas le plus important pour lui, et ça me va.

— Et toi alors, t'es croyant ?

— L'idée... me plaît, je veux dire... J'ai envie de croire en quelqu'un, là-haut, et je crois qu'au fond de moi, j'y crois. Pendant longtemps, je pensais que c'était impossible d'être homosexuel et croyant, que c'était presque une hérésie, mais mes parents se sont vite tournés vers l'église presbytérienne et le révérend River m'a toujours accepté dans sa paroisse, même en sachant pour... moi.

Il y a une histoire derrière tout ça, ça l'émeut au plus profond, ça se voit dans son regard qui me fuit, tout à coup. Entre ça et son patron, je dois avouer qu'il me touche, sincèrement. Je réagis à l'instinct et pose ma main valide sur la sienne, restée sur la table. Ses yeux se fixent dessus et il sourit, de nouveau.

On reste comme ça quelques instants, jusqu'à ce que nos desserts arrivent et, plus vite que je ne le réalise, on est dehors, dans le froid, repus.

— Est-ce que je peux t'offrir un café, ou un chocolat chaud quelque part ? me demande timidement Herschel alors qu'on marche un peu sans but.

— Tu veux prolonger le plaisir, c'est ça ?

— Pas toi ?

Je m'arrête et lui fais face ; je n'arrive même pas à me restreindre quand je tends la main sans vraiment y penser et chope l'une des extrémités de son écharpe qui pendouille, puis l'attire vers moi.

— Je dois dire que je ne pensais pas passer un aussi bon moment, avoué-je.

Et je ne mens pas, Herschel est un mec intéressant ; c'est une belle âme, doublé d'un emmerdeur, certes, mais ce n'est pas ce qui le définit le plus. Aujourd'hui, j'ai vu une part de sa personnalité que je ne soupçonnais pas et ça en dit long sur lui.

— Moi, je savais que ça allait être agréable.

— Même si je suis un con bourru et grossier ?

— Même avec ça, et tout le reste, me dit-il en souriant.

J'ai envie de l'embrasser, là, mais peut-être qu'une démonstration en public n'est pas la meilleure des solutions. Je n'aime pas m'afficher, de toute façon.

— Allez, viens.

Pendant une fraction de seconde, j'ai envie de le rapprocher davantage de moi. Je ne devrais pas, mais je crois qu'il y a des moments, dans la vie, pour tenir ses principes, et d'autres pour les envoyer se faire foutre. Et je choisis la solution qui me plaît le plus. Celle qui contient un bon vieux juron des familles, et qui va dans le sens de ce que je veux vraiment. Je passe mon bras valide autour de ses épaules et le serre contre moi. J'apprécie encore plus quand il se blottit davantage, s'accrochant à mon torse comme un koala. Là, au moins, je sais qu'il ne va ni tomber ni se prendre un panneau dans les dents. Avec moi, il ne craint rien.

Sur le chemin jusqu'à l'un des cafés, alors que la ville est au ralenti, les gens préférant ne pas trop traîner dehors avec la neige et le froid polaire qui l'accompagne, Herschel s'arrête d'un seul coup devant la vitrine d'une boutique où est installé un diorama de Noël plutôt chargé.

— Pourquoi tu n'as toujours pas mis de décorations dans ta maison ? T'attends encore ?

— Je n'ai pas l'intention de faire quoi que ce soit.

— Comment !

Il s'extirpe alors de mon étreinte, visiblement… choqué ? Outré ?

— Reviens ici, grondé-je en faisant un pas vers lui.

— Tu as oublié le mot magique.

— *S'il te plaît*, m'agacé-je.

Mais il ne m'obéit toujours pas.

— Pourquoi tu ne veux pas faire de sapin ?

Il recule, comme si je venais de me transformer en loup-garou ou je ne sais quelle connerie.

— Ça fout des aiguilles partout, et puis j'en ai marre de retrouver Meatball déguisé en sapin de Noël, avec la moitié des guirlandes autour du cou, à bouffer le tronc comme un abruti.

Je fais un nouveau pas en avant, mais mon petit emmerdeur continue de reculer pour m'échapper.

— Et pourquoi pas un mini sapin, alors ? Hors de portée du chien ? C'est génial, Noël, c'est dommage de voir ta maison toute triste comme ça.

Il me fait une moue absolument adorable qui me donne envie de le ravager jusqu'à ce qu'il demande grâce. Mais qu'est-ce qui ne tourne pas rond chez moi, bordel ?

— Herschel, arrête de reculer et reviens dans mes bras. Tout de suite. C'est un ordre.

L'étonnement passe sur son visage, puis un air de conspirateur.

— À une condition.

— Je sens que je vais aimer, marmonné-je.

— Tu acceptes qu'on décore ta maison *un minimum* et je te promets de te coller toute la journée, si tu veux.

Il me regarde, des étoiles plein les yeux. Je ne comprends pas vraiment son envie de foutre le bordel chez moi après avoir passé une après-midi à ranger, mais je dois dire que sa proposition est alléchante, je pourrais même me surprendre à apprécier qu'il se colle à moi pour plus qu'une journée, au train où vont les choses.

Avec une rapidité qui le prend visiblement de court – malgré mon bras en moins, je bondis sur lui et l'attire contre moi, de nouveau.

Voilà qui est beaucoup mieux.

— Tu triches.

— Rien à branler.

— Arrête de jurer, bon sang !

— Même réponse.

Il lève les yeux au ciel, et j'ai presque envie de l'embrasser rien que pour ça. Encore une fois.

— T'es d'accord, alors ?

Mais dans quelle merde, je me suis fourré, moi ?

— Mais oui, je suis d'accord.

Chapitre 10
10 décembre

Herschel

Lorsque Sawyer ouvre la porte de chez lui, Meatball nous accueille en fanfare. Son maître m'informe alors qu'il va le sortir un quart d'heure et que je peux commencer, et je cite, à « foutre le bordel » dans sa maison. Une chose dont je suis fier, malgré tout, c'est que Sawyer semble de moins en moins capable de me résister. Le déjeuner était agréable, intime, et que dire de ce moment, dehors, où il m'a attiré contre lui sans appréhension. Je me sens tellement en sécurité, avec cet homme, que je lui ai tout donné lorsque j'ai passé les bras autour de son torse et que je me suis blotti contre lui. Je ne fais jamais ça, normalement. Afficher des gestes d'attachement, en public, comme ça. Je sais hélas ce que c'est que de me faire botter le cul par des homophobes de passage qui ne supportent pas de voir deux mecs se tenir la main. Avec mon dernier compagnon, Aaron, on maintenait toujours une distance respectable dans la rue, c'était plus simple comme ça, plutôt que de tenter le diable, donc me retrouver dans les bras de Sawyer en sachant pertinemment qu'avec lui, je ne risquais rien, c'était plus qu'agréable.

Je pose mes deux sacs de courses sur le comptoir qui sépare la cuisine du salon. Quand Sawyer a enfin accédé à ma requête, je suis rentré dans la boutique et j'ai acheté quelques décorations sous le regard désespéré de mon flic ronchon. J'ai même réussi à trouver un mini sapin en plastique qui fera parfaitement l'affaire.

Je sors mon téléphone portable pour trouver une playlist de Noël sympa, histoire de me mettre dans l'ambiance, quand la porte d'entrée s'ouvre tout à coup sur un Sawyer tout grommelant et recouvert de neige.

— Un problème ?

— Je me suis cassé la gueule tête la première dans une congère et j'ai pas pu me rattraper à cause de ce putain de bras. Heureusement, je ne me suis pas fait mal… enfin, ma dignité en a quand même pris un sacré coup.

Je ne peux m'empêcher de rire tandis qu'en retirant son manteau, il s'ébroue exactement au même moment que son chien. Mon hilarité lui fait relever les yeux et je vois instantanément la lueur prédatrice qui passe au fond de son regard.

— Oh, non, non, ne me…

Mais je n'ai pas le temps de terminer ma phrase qu'il bondit sur moi pour m'attraper. Je lui échappe de peu et me réfugie derrière le canapé pour garder le meuble comme écran entre nous.

— Tu ne peux pas m'échapper, tu le sais, ça ?

Ma gorge est sèche, tout à coup, et je déglutis non sans difficulté, parce qui s'il y a bien une vérité à dire aujourd'hui, c'est celle-là, mais je ne me sens pas menacé, en fait, bien au contraire. Je ne me dégonfle pas, et quand Sawyer saute par-dessus le dossier pour tenter encore de m'attraper, je m'évade in extremis du côté de son bras blessé sans me retenir de rire. Meatball, qui a l'air d'apprécier le jeu, vient alors à ma rescousse et se positionne entre son maître et moi en mode chien de garde, remuant la queue sans discontinuer et aboyant joyeusement, mais cette fois-ci, c'est bien moi qu'il défend.

— Espèce de traître à fourrure, grogne Sawyer à son compagnon.

Meatball aboie alors une nouvelle fois, avec tellement de conviction qu'il paraît presque… vexé.

— C'est bien, mon chien, protège-moi du vilain policier, m'amusé-je en le caressant.

Mais j'ai commis une grave erreur en me concentrant un instant sur Meatball, parce que Sawyer me chope par le poignet en un éclair, et je me retrouve vite perché tel un sac à patates sur son épaule valide.

Comment il fait pour être aussi agile avec un bras en moins, c'est au-delà de ma compréhension.

— Sawyer ! Tu vas te blesser !

— Tu vas voir, à te foutre de moi, se marre-t-il.

Il ouvre la porte puis sort avec précaution tandis qu'il me maintient en équilibre précaire. Le froid me saisit instantanément.

— Les voisins vont nous voir, m'effaré-je.

— Rien à foutre.

Typique. Chers spectateurs, un tonnerre d'applaudissements pour Sawyer Lundblad, le sergent qui n'en a rien à foutre ! Absolument. Tout. Le. Temps.

Et d'un seul coup, tout tourne autour de moi, le haut et le bas s'inversent dans une cabriole qui me dépasse et mon corps s'enfonce brusquement dans un matelas froid et humide.

— Merde ! C'est glacial ! Merde !

Sawyer me toise de toute sa hauteur, un sourire satisfait sur le visage alors que je m'extirpe de la neige, qui en profite pour s'infiltrer un peu partout aux extrémités de mes vêtements.

— On fait moins le malin là, hein ? Monsieur la brigade des mœurs du langage. Tu as bien dit *merde*, non ?

— Crétin !

— Et deux fois, en plus. Grossier personnage.

***

Une bonne heure plus tard, après m'être réchauffé tant bien que mal, parce que Sawyer m'a prêté un autre pull beaucoup trop grand pour moi, le temps que le mien sèche, mais qui est imprégné de son odeur si addictive, je suis en train d'installer le mini sapin et les décorations, pour transformer sa petite maison terne en paradis de Noël. Lui m'observe, une bière à la main, assis sur l'un des hauts tabourets qui flanquent le petit comptoir séparant la cuisine du salon. L'ambiance est apaisée, et j'ai même réussi à convaincre mon flic bourru de lancer, sur mon téléphone en haut-parleur, l'un des albums de Noël de Michael Bublé. Après une protestation de principe, il a fini par accepter en râlant dans sa barbe « Foutu pour foutu... ». Je me sens bien ici, Meatball roupille dans son panier, le soleil commence déjà à décliner, et les guirlandes lumineuses que j'ai achetées éclairent la pièce en lui prêtant une atmosphère des plus chaleureuses. Je me sens apaisé, et ça a tout à voir avec l'homme qui ne me lâche pas des yeux. J'ai encore du mal à réaliser à quel point notre relation a évolué aussi vite... comme si tout était naturel et facile, malgré les gros mots et les ronchonnades permanentes.

— Ça fait quand même un sacré paquet de merdes, lance-t-il sur le ton de la conversation.

— Ce sont des *décorations*, c'est censé te faire te sentir bien chez toi.

— Et pourquoi je me sentirais mal chez moi sans tes angelots et tes guirlandes en moumoute ?

— Je n'ai pas dit ça, mais Noël, c'est une ambiance particulière, quand même.

— Celle d'un mec qui rentre par effraction chez toi pendant que tu dors, et qui occasionnellement te pique à bouffer ?

Je ris avec légèreté. Je ne suis même pas étonné par la teneur de cette réplique si typique de *lui*.

— Pourquoi tu n'aimes pas Noël ? lui demandé-je en continuant d'embellir son salon.

— Ce n'est pas que je n'aime pas Noël, à proprement parler, ça ne m'intéresse pas, c'est tout.

— Tu as de mauvais souvenirs ? lui demandé-je en lui jetant un coup d'œil.

— J'en ai des bons, aussi.

— Je sais écouter, tu sais, tu peux te confier, je ne te jugerai pas.

Il reste silencieux et je me dis qu'il doit chercher le bon angle par lequel commencer son histoire.

— Herschel ?

— Oui ? dis-je en relevant la tête.

— Lâche ce merdier deux secondes et viens là.

Donc, pas d'histoire. Tant pis, j'aurais essayé.

Je lève un sourcil et le regarde avec insistance, parce qu'il manque un mot dans sa phrase et il le comprend parfaitement.

— S'il te plaît, rajoute-t-il comme une arrière-pensée.

J'obéis, parce que j'en ai envie, tout simplement. Lorsque je parviens à sa hauteur, il tend la main et tire sur mon pull pour me caler entre ses cuisses puissantes, écartées de part et d'autre de sa taille. Comme ça, il est parfaitement à ma hauteur, et quand ses jambes se resserrent autour de mon corps pour m'empêcher de partir, je ne retiens pas le petit gémissement de plaisir qui s'échappe de mes lèvres. Mes mains se posent sur son torse tandis que sa gauche vient empoigner mon biceps.

— Ce n'est pas la peine d'essayer de me chercher un traumatisme quelconque, Herschel. Je ne suis pas un con parce qu'intérieurement je souffre, ou que les autres enfants étaient méchants avec moi, je suis un enfoiré parce que j'en suis un, point barre. J'ai eu des merdes, dans ma vie, comme beaucoup de monde, mais ça s'arrête là. Je sais que dans tes livres, souvent, la nana...

— ... Je ne suis pas une nana...

— J'avais remarqué, mais souvent, c'est une nana, donc on va partir là-dessus. Je disais donc, la nana rencontre ce type, ce parfait connard qui cache une blessure intérieure, mais elle seule peut le sauver, et ensuite le gars devient le parfait gentleman, parfait pour elle.

— Peut-être, bougonné-je en baissant les yeux sur mes mains, légèrement vexé que son cliché sorti du chapeau tape aussi juste.

— Pas *peut-être*, c'est vrai. Donc, si tu veux de moi, Herschel, il va falloir que tu prennes le package complet, c'est-à-dire, mon caractère de merde, ma mauvaise humeur quand je n'ai pas ma dose de café, mes soirées télé devant les matches de hockey, et mon boulot qui me bouffe beaucoup trop de mon temps libre.

— Pourquoi tu me dis tout ça ? demandé-je alors.

Ses doigts se calent sous mon menton pour me faire relever la tête vers lui, et je mesure à quel point, en cet instant, il se livre avec toute la sincérité dont il est capable.

— Parce que je ne veux pas être une déception pour toi.

Sawyer

Herschel m'observe, confus.

— Je te l'ai déjà dit, mais je le répète, je ne suis pas le prince charmant, et je ne suis pas, non plus, une âme perdue à sauver. Je suis comme je suis, et je n'ai pas l'intention de devenir un modèle de bonté et de bonne humeur. Je peux faire des efforts pour toi, mais ne crois pas que je vais changer du tout au tout et te faire ton remake de *Love actually*.

— Tu vas me traiter comme un moins que rien ? Me manquer de respect ?

— Non, absolument pas, même, et je m'excuse si t'as cru que c'était le cas précédemment, mais je suis bien conscient que je ne dis pas toujours ce qu'il faut quand il faut, je merde régulièrement, pour ainsi dire.

— Tu me demanderas pardon, alors ?

— Oui.

— D'accord, ça me va, me répond-il timidement.

— T'es d'accord ?!

— Pourquoi ça t'étonne ?

— Je suis *étonné* que ça ne t'emmerde pas plus que ça, je ne t'annonce quand même pas une vie de rêve, là. J'imagine que tu ne dois pas voir ce genre de discussion souvent dans tes bouquins avec les chippendales en bonnet.

Herschel commence à reculer pour s'extirper de mon étreinte, mais je l'en empêche, doucement, mais fermement. Il ne peut pas fuir maintenant.

— J'ai besoin de t'avoir contre moi pour ce genre de conversation.

— Ah bon ?

— Oui, j'en ai besoin, je n'y peux rien.

Et je ne mens pas, Herschel est en train de s'insinuer sous ma peau et je suis conscient que je ne fais plus rien pour l'éviter.

— Tu es drôlement possessif, on te l'a déjà dit ?

— Peut-être. T'y vois un inconvénient ?

— Non, absolument pas. Je préfère. Ça change de notre premier baiser, où tu m'as éjecté avant de claquer la porte de mon chalet.

Je vois dans ses yeux que je l'ai blessé, ce jour-là, et qu'il ne s'en est pas encore complètement remis. Quelque part ça me fait chier, mais je reste persuadé que j'avais mes raisons, et même si Herschel m'a démontré à quel point j'ai pu avoir tort, je ne vais pas me mettre à regretter de m'être protégé à ce moment-là.

— Je ne vais pas m'excuser pour ça.
— Je ne te le demande pas, je veux autre chose.
— Quoi ?

Ses iris cherchent les miens ; je ne suis pas certain de savoir ce qu'il veut exactement, mais quand il vocalise enfin ce qui se passe dans sa tête, la vulnérabilité qui en ressort me serre l'estomac.

— Un autre baiser.

J'en ai vraiment envie, mais…

— Tu sais ce que ça veut dire, si je t'embrasse encore.
— Tu m'as déjà réembrassé depuis le chalet.
— Ce n'était rien, ça.

Rien du tout.

— Rien ?
— Ouais, rien. J'ai pas encore donné le meilleur de moi-même, le provoqué-je avec un haussement de sourcils qui, je l'espère, en dit long.

Ma réplique a le mérite de le faire rire et de détendre l'atmosphère. Je le serre davantage contre moi, jusqu'à ce que son visage soit assez près du mien, en évitant qu'il ne tape contre mon bras en écharpe.

— Ne serais-tu pas en train de te foutre de moi, à t'amuser comme ça ?
— Non, mais je te trouve quand même bien présomptueux.
— Présomptueux ?
— Ça veut dire…
— Je sais parfaitement ce que ça veut dire, grondé-je. Tu ne sais pas dans quoi tu te fourres, Herschel.

Parce qu'il n'est peut-être pas prêt à gérer un mec aussi en demande que moi.

Il passe alors ses bras autour de mon cou.

— Oh, je m'en doute. Tu veux que je signe un contrat prénuptial dès maintenant ?

— Petit malin…

Pour ne pas dire petit *emmerdeur*.

— Et si c'était toi, qui n'étais pas prêt, en réalité, à me supporter, tu y as pensé ?

— Je crois que j'ai déjà eu un aperçu de ce qui pourrait m'attendre au tournant.

— Tu as déjà vu tous mes défauts, alors ? s'amuse-t-il.

— Non, je ne parle pas de ça.

— Non ?

— Non. Aujourd'hui, j'ai vu un homme qui a fait passer le harcèlement dégueulasse dont il a été victime pour une rigolade parce qu'il a peur de la réaction des autres, parce qu'il sait déjà ce que ça fait d'être méprisé et trahi, et qui, j'en suis persuadé, traîne aussi le souvenir d'un ex qui l'a laissé tomber à un moment de sa vie où il avait le plus besoin de soutien. J'ai vu un homme profondément tourné vers les autres, qui n'a pas hésité à décorer la maison d'un flic bougon et chiant pour Noël, pour lui donner sa dose de bonheur à sa façon. Tu as un cœur énorme, Herschel, et je sais que tu cherches quelqu'un pour en prendre soin comme toi, tu prends soin des autres.

— Je n'ai pas besoin d'être sauvé non plus, me coupe-t-il, presque sur un ton de reproche.

— Non, en effet, et ce n'est de toute façon pas en comptant sur les autres qu'on peut avancer. Ce qui m'amène à la chose la plus importante de ce que j'ai à te dire : tu n'es pas cassé, Herschel, tu n'as pas besoin de moi pour aller mieux, et je veux que tu le saches. Tu peux te protéger tout seul. La question est de savoir ce que tu cherches vraiment avec… nous, en connaissance de cause.

— La seule chose qui m'importe, en fait, c'est…

— C'est ?

— Est-ce que tu me ferais du mal, toi aussi ?

— Tu te rends compte que je pourrais te mentir, là ? Te répondre non, sans le penser ?

— Sauf que je sais que tu ne me mentirais jamais, ce n'est pas dans ta nature. Si tu me dis non, je te croirai.

— Alors, non, pas intentionnellement, en tout cas, Herschel. Mais tu sais, je ne veux simplement pas que tu me mettes sur un putain de piédestal ou que tu penses que j'aurai systématiquement les solutions à tout.

— Ce n'est pas ce que je veux.

Une larme s'échappe alors de ses yeux gris. Je l'essuie du pouce, ma paume enveloppant sa mâchoire.

— Dis-moi ce que tu veux.

Il déglutit et ouvre la bouche comme pour parler, mais rien ne sort.

— Herschel ? Il faut que tu me parles.

— Je sais… c'est juste que… on ne m'a jamais vraiment demandé ce que je voulais, en fait, et j'ai… j'ai…

— Du mal à dire à voix haute ce que tu désires réellement ? finis-je pour lui.

— Oui.

— Dis-moi ce que tu veux, sois franc, et tant pis si ça te prend cinq minutes pour le formuler.

— Je… j'ai besoin de me sentir en sécurité.

— Je l'ai bien compris, ça.

— De pouvoir compter sur quelqu'un, qu'on veuille de moi, et… et que tu me… tu me…

— Donnes des ordres ?

Il semble vaguement honteux tout d'un coup, mais ma main, toujours posée sur sa joue, l'empêche de s'enfuir.

— Ce n'est pas ce que tu crois… ce n'est pas… sexuellement, je n'ai pas besoin d'être dominé ou…

— T'as juste besoin d'un homme autoritaire, sans pour autant te rabaisser devant lui, parce que tu as quand même ton petit caractère, j'ai raison ?

— C'est ridicule, non ?

— Non. On a tous des envies différentes, j'ai pas assez de temps libre pour me mettre à tout juger.

C'est plutôt sensé, et surtout rien de bien alarmant.

— D'accord.

Je l'observe un moment et je me dis qu'en fin de compte, ce n'est pas si compliqué que ça en avait l'air au premier abord. On est simplement deux mecs qui voient dans l'autre ce qui pourrait les rendre heureux. Rien de plus.

— Tu le veux toujours, ce baiser ?

Lorsqu'il acquiesce, je me penche et n'hésite pas lorsque je pose mes lèvres sur les siennes. Ses bras se resserrent autour de mon cou et notre baiser devient instantanément brûlant. La sensation de son souffle contre ma peau, la chaleur de sa bouche, son odeur, absolument tout m'enveloppe et je profite avec délices de notre contact si intime. Son corps entier se plaque contre le mien et l'épouse à la perfection. C'est comme si nous étions à la bonne place, comme s'il avait été fait pour moi, sur mesure. Durant de longues minutes, on ne se lâche pas, échangeant des baisers langoureux, tendres, des caresses douces et affectueuses. Herschel sourit, même contre mes lèvres, quand je mords doucement les siennes. Notre étreinte semble durer des heures. Le soleil a le temps de définitivement se coucher, mais lorsqu'il s'écarte de moi, c'est pour poser sa tête sur mon épaule valide. Je le serre aussi fort que je peux contre moi et, dans le silence, je l'entends alors murmurer.

— Merci pour ce premier rendez-vous, Sawyer.

Chapitre 11
14 décembre

Herschel

Depuis notre premier rendez-vous, je n'ai pas revu Sawyer. Pas parce que je n'en avais pas envie, mais parce que je n'en ai tout simplement pas eu le temps. Dimanche, je suis allé à la messe avec mon père et ma sœur, et nous avons déjeuné ensemble, comme tous les dimanches. Hier et avant-hier, j'ai bossé et abattu page après page, inspiré comme jamais, et ça a évidemment tout à voir avec l'homme qui a mis mon monde sens dessus dessous en un peu plus de quinze jours. Quand je me suis levé ce matin, le manque a commencé à se faire cruellement ressentir et j'ai décidé de revenir le voir. Pour une raison qui m'échappe, je n'ai toujours pas eu l'idée de demander son numéro à Sawyer ; lui a le mien, mais moi pas, et comme je n'ai pas non plus reçu de coup de fil de sa part, résultat, je suis dans le flou.

Quand je suis rentré chez moi samedi soir après notre rendez-vous, je me suis rendu compte que ça allait être l'enfer tant que je ne l'aurais pas revu.

Ce baiser était incroyablement bon, et être dans ses bras, encore plus, mais sans son téléphone, impossible de l'appeler ; impossible pour moi de me rassurer, de me confirmer qu'il ne pense pas encore que c'était une erreur. Je dois bien avouer que son silence me stresse au plus haut point.

Me revoilà donc, après quelques jours d'attente impatiente, devant la porte de Sawyer, prêt à voir de mes propres yeux ce qu'il en est. Mais lorsque j'arrive chez lui, je remarque aussitôt que sa voiture n'est plus là, et, surtout, quand je frappe, aucun son ne me parvient de l'intérieur de la maison. Pas de bruit de pas, pas de jappements frénétiques de Meatball attendant de pouvoir me sauter dessus, pas de gros mots, pas de grognements, rien.

Je suis déçu, c'est certain, mais je m'interroge tout de même, parce qu'il n'est pas censé être de retour au travail avant la semaine prochaine, et pourtant mon petit doigt me dit que c'est exactement là que je vais le trouver.

Cette tête de mule.

Toutefois, pour éviter de passer pour un idiot, je décide d'appeler le commissariat, et c'est sur Brock que je tombe.

— Oh, Herschel, salut.

— Est-ce que Sawyer est revenu au travail ? demandé-je de but en blanc, me rendant compte un peu trop tard que la manière dont j'aborde le truc risque fort de faire tiquer Brock vis-à-vis de ma relation avec son supérieur.

Même si de toute façon, à l'hôpital, je crois que je m'étais déjà plus ou moins grillé.

— Euh... oui... mais...

— Un problème ?

— Écoute, je crois que tu devrais venir.

— Pourquoi ?

— Parce que je pense que toi et Sawyer, vous êtes... ensemble, et personnellement, je m'en fous, au contraire, ça lui donne l'occasion de grogner sur quelqu'un d'autre que moi, mais c'est en train de tourner au vinaigre, ici, et peut-être que son... *compagnon* pourra le calmer deux secondes.

Je ne comprends rien du tout.

— Hein ?
— Ramène-toi, et vite. S'il te plaît ?

Il raccroche abruptement en même temps que je perçois une sorte de fracas, derrière lui, qui ne me dit rien qui vaille.

Je remonte en voiture et ne perds pas une minute pour rejoindre au plus vite le bâtiment de la GRC. Quand je pénètre dans le poste, j'essaie de faire abstraction du fait assez terrifiant que Brock est au courant pour nous... ça me stresse plus que je ne l'aurais cru possible, mais je n'ai pas besoin de me concentrer davantage là-dessus, puisque mon attention est vite accaparée par des éclats de voix, au loin, et je reconnais instantanément celle de Sawyer dans le lot, à un volume qui ne laisse rien présager de bon. Il n'y a personne à l'accueil, et je m'élance donc sans réfléchir vers là d'où provient le remue-ménage.

Quand je me retrouve à l'entrée d'une pièce que j'imagine être une salle de réunion, je tombe des nues. Sawyer a l'air dans une colère que je ne lui ai encore jamais vue et il a la lèvre en sang, mais ce n'est rien à côté de l'homme qui lui fait face, l'arcade gonflée et un œil presque entièrement fermé, visiblement après un monstrueux coup de poing. Entre les deux adversaires, je reconnais Brock qui, accompagné d'un autre policier, tente sans tellement de succès de les tenir à l'écart l'un de l'autre.

— Espèce de petite merde ! Tu crois que j'en ai quelque chose à carrer que tu « désapprouves » ?!
— Je refuse de bosser sous les ordres d'un... d'un...
— Dennis, arrête ! l'implore Brock.
— D'un quoi, hein ? D'un pédé, c'est ça ? Mais dis-le, assume, connard, porte tes couilles !
— Chef ! s'étonne l'autre d'une voix outragée qui, dans d'autres circonstances, serait éminemment comique.

Le policier au coquard, Dennis, il semblerait, donc, tente d'atteindre le sergent pour le frapper à son tour, mais Brock le retient à bout de bras et c'est à ce moment qu'il m'aperçoit et soupire avec un soulagement certain. Sawyer ne m'a pas remarqué, lui, car il continue de hurler, hors de lui. Je ne l'ai jamais vu dans tel état. Je n'hésite plus et le rejoins. Il sursaute alors quand il se rend compte de ma présence.

— Herschel ?

— Ça suffit, Sawyer, arrête de crier comme ça.
— Mais qu'est-ce que tu fous là !

Le fameux Dennis réagit aussi à ma présence et les remarques homophobes fusent de nouveau. Il a dû me voir avec Sawyer, c'est certain, car je ne vois pas pourquoi ni comment il saurait pour nous deux, sinon.

— Qu'est-ce que cette tarlouze fout là, maintenant !?

C'est la goutte d'eau pour Sawyer, qui me contourne et charge droit devant lui, comme un animal en furie. Plus vite que je n'arrive à réagir, ni aucun des deux autres policiers, Dennis se retrouve plaqué contre le mur, son sergent le tenant par le col de son uniforme de la main gauche, les articulations blanchies par l'effort, la rage au ventre.

— Manque lui encore une fois de respect et je t'explose ta putain de gueule...

Ses collègues arrivent à les séparer tandis que Dennis murmure entre ses dents et je rejoins encore une fois Sawyer dans une nouvelle tentative de l'apaiser.

— Sors-le de là, si tu y arrives, me presse Brock, alors que la pièce est toujours en proie au chaos total.

— Sawyer, calme-toi, l'imploré-je en prenant sa main.
— Herschel, écarte-toi.
— Je t'ai dit de te calmer ! Viens, tu ne peux pas continuer comme ça.

Je carre les épaules et le pousse vers la sortie.

— Herschel, gronde-t-il, ne te mêl...
— LA FERME ! hurlé-je. Tu la fermes. Dans ton bureau ! Maintenant !

Le silence se fait autour de nous, je crois que personne n'a jamais ordonné quoi que ce soit au sergent Lundblad, et certainement pas en lui braillant dessus de la sorte. Même cet espèce de connard rétrograde de Dennis l'a bouclée, surpris, et heureusement, parce que je ne supportais plus les cris qui saturaient la pièce. Je m'attends presque à ce que Sawyer se ressaisisse et me passe la soufflante du siècle, mais étonnamment, il m'obéit et relâche sa prise. Aussitôt, ses collègues s'interposent entre le fauteur de troubles et lui. Le soulagement est instantané.

Je n'avais vraiment pas imaginé que la journée allait tourner à… ça.

Près de son bureau, j'entends les jappements désespérés de Meatball qui y est enfermé. Sawyer rentre alors comme un buffle, claquant la porte derrière lui assez fort pour faire trembler les murs ; le battant m'est passé à un centimètre du nez et je l'entends maintenant cogner, à l'intérieur, sur tout ce qui lui passe sous la main. Son chien le rejoint prudemment, alors que de mon côté je rentre à mon tour et referme la porte avec toutes les précautions possibles.

Je m'appuie contre le battant et observe Sawyer, qui consent enfin à s'asseoir et qui caresse son chien avec une affection en complet contraste avec son état de colère effroyable, toujours aussi visible. C'est seulement à ce moment que je remarque qu'il ne porte plus l'écharpe qui tenait son bras blessé, qu'il devait supposément garder encore deux jours. Pourtant, je décide de laisser ce problème de côté, car, pour l'instant, le plus urgent reste de le calmer définitivement avant qu'il ne reparte au quart de tour et finisse par se blesser, lui ou l'un de ses collègues. Commencer par lui faire des remarques sur la raison de sa présence ici ou la stupidité qu'il y a à ne pas laisser son bras se soigner correctement ne fera qu'envenimer les choses.

— Sawyer ?

Il relève les yeux vers moi et son regard est dur, froid, fermé. Je n'aime pas ça.

— Qu'est-ce que tu fous là, putain, Herschel ! T'avais pas à voir ça !

— Parle-moi sur un autre ton, s'il te plaît !

— Mais…

— Tu es un vraiment encore plus qu'un con, Sawyer, si tu ne vois pas la différence entre les autres fois où tu jouais les vieux grincheux et là, où tu me parles comme à un chien alors que je viens de t'éviter de commettre un meurtre de sang-froid devant témoins. T'as envie de perdre ton job, ou quoi ? De me perdre *moi* ? C'est *ça* que tu veux ?

La manière dont il détourne la tête me confirme qu'il a tout à fait compris à quel point il est allé trop loin.

— Pardon, désolé, je…

— Merci, le coupé-je, mais c'est bon, on passe à autre chose. Qu'est-ce qu'il s'est passé ?

— Je ne suis pas d'humeur... se renfrogne-t-il. Et puis ça ne te regarde pas.

— Oh, que si... vu que je suis certain que c'est en lien direct avec... toi et moi.

— Herschel... s'exaspère-t-il.

— La nouvelle s'est répandue après notre déjeuner, samedi midi ? Tu as... en gros, fait ton *coming out* à toute la ville, c'est ça ? Et Dennis a un gros problème avec... ?

— Dennis peut aller se faire foutre. Et par tout un gang de moustachus, tiens, ce petit con de facho de merde.

— Tu es censé être son chef, non ? Être le plus mature des deux, celui qui réfléchit, hein ? Tu trouves *ton* attitude correcte ? Digne de ta position ?

— Ne parle pas de choses auxquelles tu ne comprends rien.

— Je ne pense pas que tes supérieurs vont apprécier ta perte de sang-froid ni l'œil au beurre noir de Dennis.

Cette fois-ci, Sawyer ne répond rien, il fixe son attention sur son chien, fuyant mon regard. J'avise sa lèvre enflée.

— Je vais chercher de quoi te désinfecter ça.

— C'est pas la peine...

— Non, tu te tais. Ce n'est pas le moment de me contredire.

Je n'attends même pas de réponse de sa part et, alors que je sors du bureau, toujours bien remonté, je tombe sur Brock.

— Il va comment ? me demande-t-il avec prudence.

— Il est en colère comme rarement, mais j'aimerais nettoyer sa plaie à la lèvre, tu aurais du désinfectant, ici ?

— Oui, viens, suis-moi.

Je lui emboîte le pas, jusqu'à la salle de repos qui abrite une armoire à pharmacie, et Brock me tend une petite trousse de secours.

— Mais qu'est-ce qu'il s'est passé ?

— Le chef ne devait pas venir, aujourd'hui, et ce matin, quand il est arrivé, Dennis et moi on discutait de....

— Moi. Enfin... du fait que j'étais avec Sawyer, samedi.

— Ouais, désolé. Dennis vous a vus, dans les bras l'un de l'autre, dans la rue et... enfin.... il ne savait pas que le sergent était gay, et il a eu des mots.... c'était déplacé, inacceptable même, et le chef a entendu et lui a dit de fermer sa gueule. Quand tu as appelé, ils étaient en train de commencer à se prendre sérieusement le bec, mais après, ça a carrément dégénéré. Ils se sont frappés l'un l'autre et Dennis a dit qu'il ne pouvait pas travailler sous les ordres de quelqu'un qui leur avait menti tout ce temps, et qu'il n'approuvait pas qu'il soit... enfin, tu vois... et puis, tu es arrivé.

— J'en déduis que Dennis est plutôt du genre homophobe, hein ?

— Un peu sur les bords, oui. On s'est tous laissés surprendre, c'est pas comme si le sujet venait sur le tapis tous les deux matins. Désolé, Herschel.

— Ce n'est pas ta faute, et puis ce n'est pas comme si c'était... étonnant. J'ai demandé à Sawyer si ça poserait problème qu'on sorte au grand jour, il m'a dit qu'il s'en fichait, enfin, avec ses mots à lui.

— C'est la phase préférée du chef. Parmi d'autres.

— J'avais remarqué, dis-je en souriant légèrement. Ils vont avoir des problèmes, tous les deux ?

— Je ne sais pas trop, si Dennis porte plainte, ou le sergent, ou... je sais pas. Je ne les ai jamais vus comme ça, et le chef, il a littéralement pété un câble, là... Putain, c'est la merde.

Brock a l'air vraiment retourné par tout ça. J'imagine qu'il apprécie d'ordinaire ses deux collègues tout autant l'un que l'autre.

— Écoute, si tu veux, je vais aller parler avec Sawyer, et toi, de ton côté tu essaies d'apaiser les choses avec ce Dennis.

Il acquiesce et je décide de rejoindre le bureau du sergent, mais Brock m'interpelle une dernière fois.

— Merci. Et tu sais, je m'en fous, moi, et les autres aussi, je pense. Je me doutais qu'il y avait quelque chose entre vous à l'hôpital, vous vous disputiez comme un vieux couple et... je pense que le sergent a besoin de quelqu'un dans sa vie. Un flic seul, ce n'est jamais bon.

J'essaie de ne pas le montrer, mais je suis profondément touché.

— C'est gentil.

— Je t'en prie.

Lorsque je pénètre dans le bureau, je referme soigneusement la porte et, le cœur un peu plus serré que d'habitude, je reste bien décidé à prendre soin de mon flic bourru, malgré lui s'il le faut.

Sawyer

Je tremble toujours de rage quand Herschel revient dans mon bureau. Je n'arrive vraiment pas à me calmer, et par-dessus le marché, mon épaule droite me fait mal à en crever, mais je reste silencieux et l'observe faire le tour de la pièce et se mettre devant moi. Il a beau être un emmerdeur de première, il m'a quand même sacrément manqué, putain.

— Pardon de t'avoir gueulé dessus.

Son visage à ma hauteur, il pose ses mains sur mes épaules et plonge son regard dans le mien, un sourire tendre aux lèvres.

— Excuses acceptées.

J'appuie alors mon front sur son plexus et laisse échapper un soupir de frustration.

— Tu vas bien ? me demande-t-il, incertain, en massant mon crâne de ses doigts fins.

— J'ai connu mieux.

— Je suis désolé, c'est ma faute, je n'aurais jamais dû te proposer ce rendez-vous stupide.

Je m'écarte puis entoure sa nuque de ma main pour l'obliger gentiment à me regarder.

— Je t'interdis de qualifier notre rencard de stupide, me suis-je bien fait comprendre ? Je te l'ai dit, je me fous de l'avis des autres, en revanche je ne supporte pas qu'on me manque de respect, et je défoncerai dans les grandes largeurs quiconque osera porter sur toi le moindre regard de travers. Dennis va devoir se faire une raison, ou retourner vivre au XIXe.

— Tu vas le dénoncer ?

— Uniquement s'il refuse de se tenir correctement. Il peut bien penser ce qu'il veut, mais quand il est sous mes ordres, il la boucle. Point. Et surtout, il a intérêt à se tenir à carreau à l'avenir, ce connard, et aussi à te présenter des putain d'excuses.
— Arrête de jurer.
— Je jure si je veux, bordel ! m'énervé-je de nouveau.
Mais Herschel se met à rire.
— Qu'est-ce qui te fait marrer ?
— Ton côté homme des cavernes.
— Je...
— Chut... maintenant ça suffit. Pause pendant deux minutes. Je vais nettoyer ta lèvre.
— Ce n'est rien, râlé-je.
— J'ai dit *chut*.

Et pour une fois, j'obéis et le laisse désinfecter la plaie avec douceur. Je vois bien le soulagement irradier de son visage quand il se rend compte que ce n'est qu'une égratignure de rien du tout. Quant à moi, le voir s'occuper de moi de cette façon, aussi dévoué, attentionné, m'apaise. Peu à peu, je me sens plus humain, plus centré, comme si Herschel exerçait sur moi un pouvoir, une influence profondément bénéfique. C'est à la fois grisant et flippant, parce que je sais que je pourrais fort bien, à la longue, tomber très amoureux d'un homme comme lui.

— Pourquoi tu as retiré ton écharpe, Sawyer ? Le médecin a dit deux semaines.

Il n'y a aucune agressivité dans son ton, juste de l'inquiétude.

— À deux jours près, ça ne change rien, ne te tracasse pas pour ça.
— Tu as mal ?
— Non.
Oui. Putain, oui.
— Menteur.
— C'est rien que je ne puisse supporter.
— Ne sois pas... imprudent, d'accord ? Pour moi ?
— Pas de risque, j'ai besoin de cette épaule pour tirer du plomb dans le cul des méchants, je ne vais pas faire n'importe quoi et me blesser de nouveau, ne t'inquiète pas. Et aussi, parce que je vais avoir

besoin de mes deux bras, de tout mon corps, même, si je veux te tenir contre moi.

— Alors va voir un thérapeute physique.

— OK, si ça te fait plaisir.

Il me sourit alors et cet effet de manque que j'ai ressenti si intensément depuis plusieurs jours se transforme en un besoin ardent ; maintenant qu'il est là, j'ai envie de ses lèvres... pour être tout à fait franc, j'ai même envie de *lui*, tout court.

— Pourquoi tu me regardes comme ça ?

— Tu sais ce qui m'aiderait à aller mieux ?

— Non.

— Que tu ramènes ta bouche là, lui indiqué-je en montrant la mienne.

Il ne se fait pas prier. J'écarte mes jambes pour lui permettre de se rapprocher encore. Contrairement à samedi dernier, où j'étais perché sur un tabouret haut qui nous mettait à la même hauteur, cette fois, je suis obligé de basculer la tête en arrière pour pouvoir l'embrasser. Herschel se penche, et quand enfin ses lèvres se collent sur les miennes, je laisse échapper un grognement de plaisir tandis qu'un frisson d'excitation se répand dans tout mon corps. Je redécouvre le goût de sa bouche, le son exquis de ses petits gémissements alors que ma langue caresse la sienne, et je me dis que j'en veux encore plus. Je n'ai plus aucune envie de lui résister davantage, fini les conneries, c'est *lui* que je veux. Et pas dans deux semaines. Mes mains remontent alors le long de ses cuisses et viennent empoigner ses fesses.

— Sawyer... murmure-t-il contre ma bouche.

Je m'écarte juste assez pour voir son visage.

— Rentre avec moi, que je puisse te foutre dans mon lit et te donner ma façon de penser.

— Et le deuxième rendez-vous ?

— Rien à foutre, je te veux sous moi le plus vite possible.

Il se met alors à rougir en triturant le col de mon haut et en fixant ses doigts.

— Tu es sûr que tu peux quitter ton boulot, là, maintenant ?

Hélas, je me rends bien compte que non. Je ne peux pas mettre la merde au bureau, me comporter comme un abruti incapable de se contrôler et me barrer sans avoir réglé cette affaire. Herschel sent bien que ma réponse va aller dans ce sens-là et je n'ai pas le temps de le retenir qu'il m'échappe comme une anguille. Je ne manque pas, néanmoins, de remarquer la bosse qui déforme son pantalon ni sa grimace de déception.

— Vu que tu peux de nouveau conduire, tu peux me rejoindre chez moi quand t'auras terminé ?

— Reviens là, grogné-je d'une voix qui trahit ce à quoi je suis toujours en train de penser.

— Non, dit-il en reculant encore.

— Pourquoi ?

— Parce que sinon, je vais te supplier de me faire l'amour tout de suite, et ça va s'entendre dans tout le poste.

Il marque un point, et après la Bérézina de tout à l'heure, je ne pense pas que baiser Herschel sur mon bureau va aider mes affaires.

— Finis ta journée au mieux et rejoins-moi chez moi après, d'accord ?

— D'accord, mais… Herschel ?

— Oui ?

— Tu es à *moi*, cet après-midi.

Le sourire qu'il m'offre est plein de promesses, et quand il quitte mon bureau, je prends quelques instants supplémentaires pour me calmer. Quand je me sens enfin sous contrôle, je me décide à sortir de ma grotte pour affronter un peu plus calmement le merdier qui a explosé ce matin entre mon équipe et moi.

Je me fous que tout le monde sache que je suis gay, comme je me branle tout autant que certains me regardent avec dégoût, mais Dennis, lui, a intérêt à se contrôler s'il ne veut pas que je fasse un rapport sur son cas ; il a aussi et surtout intérêt à ne jamais, au grand jamais, manquer de respect à mon homme, parce qu'il le regretterait amèrement. Et pour ma part, il va falloir que je fasse aussi un gros effort de maîtrise de soi, parce qu'avec le recul, je me rends bien compte que ce que je me suis laissé aller à faire, aujourd'hui, était plus qu'inacceptable. Si j'étais mon propre boss, je me virerais sans sommation. Et avec un coup de pied au cul.

Chapitre 12
14 décembre

Herschel

Je suis impatient. Très, très impatient. Les secondes semblent durer des minutes entières, et les minutes, des heures. Je pensais que me préparer allait m'occuper suffisamment, mais ce n'est à l'évidence pas le cas. J'ai déjà passé au moins deux heures dans la salle de bain, sous la douche, à prendre soin de mon corps, à en nettoyer les moindres recoins, mais je ne peux pas en faire davantage. J'ai épinglé un mot sur ma porte, avec des instructions pour Sawyer, et je reste là, sur mon lit, allongé sur le dos à l'attendre tout en devenant dingue, un simple boxer pour tout vêtement. Je ne me souviens pas d'avoir été aussi excité depuis bien trop longtemps, et pas uniquement sur le plan physique, mais mentalement, aussi ; j'ai hâte de passer la nuit dans ses bras, de me nourrir de sa chaleur, de ses caresses, de son odeur, de… tout. Ça fait tellement longtemps que je n'ai pas partagé mon lit avec un autre homme. Le dernier, c'était mon ex, quand j'habitais encore Calgary. Et même si on vivait toujours ensemble, notre vie sexuelle s'était peu à peu réduite à peau de chagrin du fait de l'état de stress, de mal-être.

permanent, que je ressentais alors que je subissais le harcèlement immonde de mon patron. En clair, je n'ai pas couché avec qui que ce soit depuis bientôt un an, mais ça ne m'inquiète pas, je sais que Sawyer prendra soin de moi. Quand il arrivera, dans une éternité et demie. Autant dire que là, tout de suite, affirmer que je suis frustré est un doux euphémisme.

Les heures passent, mais je ne reçois aucune nouvelle. Il est 18h, et je fixe bêtement l'écran de mon téléphone, dans l'espoir insensé que si je le regarde assez intensément, il finisse par s'illuminer pour l'appel de mon taciturne sergent. Comme un idiot, je n'ai toujours pas demandé son numéro à Sawyer, seul lui peut me contacter pour le moment, mais… rien. Je commence à avoir froid, alors je renfile, à contrecœur, un tee-shirt et un pantalon de pyjama, puis m'occupe de raviver un peu le feu de cheminée. Il fait déjà nuit et mon humeur languide de l'après-midi se dissipe progressivement, quand j'enlève le mot de ma porte, pour laisser peu à peu la place à un stress insidieux.

Je commence à imaginer mille scénarios parmi lesquels, évidemment, tout un tas d'idioties toutes plus morbides les unes que les autres. Je m'imagine Dennis tirer sur Sawyer, mon flic bourru blessé, ou pire, mort, mais je sais que cette idée est stupide. Brock m'aurait appelé, s'il était arrivé quelque chose à mon homme.

19h. Pas la moindre lueur de phares remontant le chemin. Pas de coup de fil, rien.

Je me fais réchauffer un plat de pâtes, sans conviction, mais lorsque je m'installe à table pour manger, je me rends compte que je n'ai pas vraiment faim. Je suis tellement inquiet et déçu à la fois que je serais en fait bien incapable d'avaler quoi que ce soit. Je ne suis pas d'un naturel sanguin, ni soupe au lait, mais j'aurais bien besoin de laisser éclater ma rage et ma frustration, en cet instant, de taper sur quelque chose pour évacuer cette tension qui me reste chevillée au corps, mais je ne fais rien ; je me contente de fixer mon assiette, le moral dans les chaussettes.

20h. J'hésite à m'habiller, prendre ma voiture et aller botter les fesses de Sawyer pour m'avoir laissé dans le noir de cette façon. La déception se transforme en colère avec une lenteur qui n'en est pas moins inexorable. J'aurais dû exploser mon assiette, en fin de compte.

20h30. J'ai envie de pleurer. Une journée entière à l'attendre, et... rien. Ma déception est énorme, elle me bouffe le ventre. J'ai envie de me coucher au fond de mon lit, sous un amoncellement de couvertures, et de ne plus *jamais* en ressortir.

Sawyer

Lorsque je me gare enfin devant chez Herschel, je suis mal, comme rarement je l'ai été de toute ma vie. Tous les compteurs dans le rouge et une impression de poids gigantesque sur les entrailles. Je voulais régler tout ça avant de l'appeler, mais maintenant que je suis à deux doigts de me retrouver face à lui, je me demande si ce n'était pas une erreur. Une *grave* erreur. Je regarde l'horloge de mon tableau de bord et constate qu'il est bientôt 21h. Du chalet n'émane aucune lumière. Mauvais signe, ça. Putain, Herschel va me haïr, mais le choix que j'ai fait était, intellectuellement et moralement, la seule alternative viable. J'ai dû faire taire une part de moi-même pour me comporter en professionnel, et là est bien le problème, parce que ce soir, celui qui s'apprête à frapper chez Herschel Richter, ce n'est pas Sawyer, l'homme qui voulait lui faire l'amour toute la nuit, mais bien le sergent Lundblad, le policier qui apporte les mauvaises nouvelles, parce qu'il faut bien que quelqu'un le fasse, et c'est tombé sur lui, ce pauvre couillon. J'ai laissé Meatball à Brock, car j'ai besoin, juste pour ce moment, d'être présent à 100 % pour Herschel.

Je me souviens encore du sourire que ce dernier m'a offert, la dernière fois que je l'ai vu ce matin, et puis ce désir, au fond de ses yeux, cette envie, cette promesse de tout me donner. J'ai anticipé ce qui aurait pu se passer, j'ai senti en avance son corps contre le mien, j'ai imaginé chaque soupir, chaque gémissement, mais rien ne s'est passé comme prévu.

Quand je frappe à la porte, épuisé par l'après-midi éreintante que je viens de passer, ma main tremble encore. J'ai le ventre noué et une nausée persistante qui refuse de desserrer sa prise sur moi.

Personne ne répond, il n'y a pas un bruit. Je regarde par la première fenêtre et aperçois uniquement la lueur rougeâtre du feu qui se meurt doucement. Je reviens sur mes pas et frappe de nouveau, plus fort, cette fois, mais il ne se passe toujours rien.

Je teste la poignée. C'est ouvert. Je rentre et appelle Herschel. Toujours aucune réponse. Je retire mes bottes, mais pas mon manteau, parce que je sais que je vais être amené à repartir au plus vite. Je prends alors mon courage à deux mains et pénètre plus profondément dans la maison à la recherche d'Herschel. La dernière porte que j'ouvre donne sur la chambre où, dans la pénombre de la nuit à peine éclairée par le ciel étoilé visible par la fenêtre, je distingue le corps de mon petit emmerdeur préféré, sous sa couette, immobile.

— Herschel ?
— Va-t'en, murmure-t-il d'une voix défaite.
— Mon cœur...
— Ne m'appelle pas comme ça...

Ça fait mal, mais je comprends, il a dû passer son après-midi à se demander où j'étais. Quand le drame est arrivé, je me suis mis en mode *flic*, je n'ai pas un seul instant pensé à prendre mon putain de téléphone, mais quand j'ai compris la gravité de ce qui se passait, j'ai pris la décision de lui dire les choses de vive voix, face à face, et pas autrement. L'attente a dû être un cauchemar pour lui... mais ce n'est pas comme si de mon côté, ça n'avait pas été... compliqué, aussi.

— S'il te plaît, écoute-moi.

D'un mouvement brusque, Herschel se relève et me rejoint, les traits de son visage tirés, comme s'il avait pleuré.

— Tu n'as pas une saloperie de téléphone sur toi ? me crie-t-il avec une véhémence, une rage que je ne lui connais pas.

Et entendre Herschel jurer de cette façon ne peut vouloir dire qu'une seule chose : il est dans un état de colère qui m'était inconnu jusqu'alors.

— Je t'ai attendu la journée entière ! La journée ! Sans aucune nouvelle ! Pas un appel, même pas un texto, rien ! Tu réalises ?!
— Herschel, calme-toi. Je suis désolé, mais...
— Oh, tu peux l'être, me coupe-t-il. J'ai passé des *heures* à me préparer, à t'attendre, à...

— Il y a eu un accident, le coupé-je à mon tour.

— Et alors ? Tu ne pouvais pas prendre ton téléphone et me passer un coup de fil, non ? Je t'ai donné mon numéro quand j'ai déposé plainte, mais tu ne m'as jamais donné le tien, tu ne m'as jamais rappelé ! Je devais faire comment, à part attendre que tu me contactes ?!

Je m'approche et prends son visage en coupe.

— Herschel, écoute-moi, tu veux bien ?

— Je ne fais que ça !

— C'est ton père. C'est lui qui a eu un accident.

Herschel se fige, sa colère refluant instantanément, laissant place à une expression de choc profond, total, comme si je venais de lui parler dans une langue étrangère. Il cligne des yeux à plusieurs reprises.

— Je... comment ça, un accident ? Est-ce qu'il va bien ?

— C'est grave, il a été heurté par une voiture, en centre-ville.

— Non, non, ce n'est pas possible, il est au restaurant toute la journée et...

— Je suis très sérieux. Il y a eu plusieurs blessés, mais ton père, il a tenté de sauver une jeune femme et il s'est fait faucher. Il a été héliporté à Calgary en urgence, et son état est critique, le pronostic vital est engagé. Je suis désolé, Herschel, je...

Je n'ai pas terminé ma phrase que ses jambes le lâchent. J'ai à peine le temps de l'accompagner jusqu'au sol, pour le réceptionner dans mes bras. À genoux, il n'est plus qu'un poids mort contre moi, et je redoute un instant qu'il ait perdu connaissance, mais lorsque mes yeux se posent sur les siens, je constate que ceux-ci sont bien ouverts, et noyés dans un torrent de larmes.

— Mon cœur, regarde-moi.

— Pourquoi tu m'appelles comme ça ?

Sa voix est distante, implorante malgré tout et ça me bouffe.

— Parce que c'est la vérité.

Et que je ne peux pas décemment t'appeler *mon petit emmerdeur préféré* dans ce genre de moment.

— Je dois appeler ma sœur...

— Ne t'inquiète pas, j'ai envoyé Brock, il va la ramener au poste et ensuite, je vous récupère tous les deux et on va aller à Calgary, d'accord ?

Il acquiesce mollement, sans rien dire de plus. Il m'inquiète, encore plus que je ne l'aurais cru possible a priori, mais je sens bien qu'il essaie de rester fort le plus possible.

— Tu peux marcher ?

— Je... je ne sais pas... est-ce que tu peux me tenir encore un peu ?

Je le serre fort contre moi, comme s'il était la chose la plus précieuse, la plus fragile au monde. Lui se laisse aller à mon étreinte en marmonnant quelque chose d'inintelligible, jusqu'à ce que je comprenne qu'il récite une courte prière pour le blessé.

— Allez, viens. On va t'habiller chaudement, tu peux le faire tout seul ?

— Oui... euh... d'accord.

Le voir comme ça me tord le bide, mais ça ne m'arrête pas. Alors qu'il se prépare, je me permets de chercher dans son armoire un sac, puis j'y empile des affaires, des sous-vêtements, un pantalon, de quoi tenir deux jours. Je rejoins la salle de bain, puis fais de même avec son nécessaire de toilette. Quand je reviens dans la chambre, il est debout, hagard, au milieu de la pièce.

— Prends ma main, on y va.

Je n'ai pas besoin de me répéter ; il obéit et se blottit contre moi. Mon boulot, maintenant, est de les emmener, lui et sa sœur, au chevet de leur père. La possibilité qu'ils doivent lui dire adieu, ou que nous arrivions trop tard pour ça, est malheureusement bien réelle, et je ne voudrais pas qu'Herschel, ou même sa sœur, que je ne connais pas, hélas, aient à surmonter pareille épreuve. Je passe mentalement en mode automatique ; il est tard, la route est presque intégralement gelée, je vais avoir besoin de rester concentré pour les faire arriver à bon port. Le trajet n'est déjà pas une sinécure en journée, à cette période, mais là, de nuit et dans les circonstances actuelles, c'est carrément dangereux.

J'installe Herschel dans la voiture et fais tourner le moteur pour enclencher les sièges chauffants. Inutile qu'en plus du reste, il tombe malade.

— Je reviens, je vais verrouiller ta maison.

Il ne me faut que très peu de temps pour vérifier que tout est en ordre chez lui, puis tout refermer avec soin. De retour dans ma bagnole, je remarque qu'Herschel n'a pas bougé d'un cil, mais quand je tends la main vers lui, il l'agrippe entre les siennes avec l'énergie du désespoir.

— Je suis là, ne t'inquiète pas.

Ce n'était évidemment pas mon intention, mais mes paroles finissent de visiblement de le faire basculer et mon pauvre petit emmerdeur, déjà bien secoué, se met à pleurer.

— Viens là.

Je le prends encore dans mes bras, lui laissant quelques instants pour expulser. Entendre ses sanglots déchirants et sa respiration rauque et laborieuse me brise en deux.

— Je ne peux pas perdre aussi mon père, pas mon père, Sawyer…

— Je sais, je sais.

— Je ne peux pas.

Je l'aide à relever la tête et prends une nouvelle fois son visage en coupe entre mes mains.

— Les médecins vont tout faire pour le sauver, et en attendant, ton job à toi c'est de garder espoir, d'accord ?

— Sawyer…

— D'accord ? insisté-je gentiment.

Il acquiesce et je ne peux pas résister, je me penche vers lui et plaque mes lèvres sur les siennes dans un baiser au goût de fin du monde.

Quand nous partons enfin, Herschel a réussi à se calmer légèrement. Il ne lâche pas ma main, pas une seule seconde, même lorsque sa sœur, prévenue par mes adjoints et passablement choquée, elle aussi, monte dans la voiture, ni pendant le trajet, ni même à notre arrivée à l'hôpital. Mais il n'a rien à craindre. Je ne vais plus le lâcher… plus jamais.

Chapitre 13
20 décembre

Sawyer

Aujourd'hui, il neige à gros flocons. Je préférerais ne jamais avoir à sortir de mon bureau, mais ce n'est pas tellement comme si j'avais le choix, même si la journée est pour l'instant très calme. J'ai d'autres obligations, comme sortir Meatball pour qu'il puisse aller pisser et renifler trois arbres. Important, dans sa vie, d'aller renifler des arbres. Ensuite, je vais devoir retourner bosser et faire comme si de rien n'était, comme si la vue des décorations de Noël, à l'accueil, me mettait de bonne humeur, comme si l'ambiance joyeusement décomplexée, en ville, me donnait envie de faire la fête. Je vais devoir faire semblant que les petits problèmes des habitants de Banff me préoccupent un minimum, et m'efforcer de ne pas montrer qu'à chaque seconde, je me sens… vide, à l'intérieur. Près d'une semaine que je peine à obtenir la moindre nouvelle d'Herschel, et qu'il ne me reste pas d'autre possibilité qu'attendre, et attendre encore, patiemment. Son père est toujours dans le coma, et il ne montre aucune véritable amélioration à ce jour.

Mon petit emmerdeur, lui, n'a pas quitté son chevet. Quand je l'ai déposé à l'hôpital, dans la nuit de mercredi à jeudi dernier, c'est à ce moment que je l'ai vu pour la dernière fois. J'ai insisté pour rester, mais il a refusé, non pas parce qu'il était fâché contre moi, il semblerait, mais parce que je crois qu'il avait besoin de rester seul avec son père et sa sœur. Je ne m'en suis absolument pas vexé, mais j'aurais aimé pouvoir être là pour lui, et en faire davantage. Hélas, je ne peux pas mettre mon boulot de côté sans conséquences, et l'espoir de libérer mon week-end d'une manière ou d'une autre est vite tombé à l'eau, car j'ai dû gérer de nouvelles conneries, en ville, les trucs absurdes habituels de la période des fêtes, ce qui ne m'en a pas moins empêché de rejoindre Herschel à Calgary.

Mon altercation avec Dennis, elle aussi, a remué pas mal de merde. Lui et moi avons été tous deux convoqués et entendus par mon supérieur, qui s'est déplacé jusqu'à Banff. Je me suis pris la soufflante du siècle après mon explosion, mais Dennis, lui, a été automatiquement muté, et d'après ce que j'ai pu comprendre, dans un endroit où il fait nuit six mois de l'année. Maintenant, tous mes autres collèges savent que je suis gay, et après une réunion où je leur ai fait savoir qu'ils pouvaient ouvrir leur gueule maintenant de façon constructive ou choisir de la boucler définitivement, je n'ai eu aucune remarque. Sans blague. Au contraire, Brock et Anna, qui, après ma prise de bec avec le futur esquimau, ont bien compris ce qu'il se passait entre Herschel et moi, m'ont même demandé des nouvelles de mon emmerdeur préféré et de son père, mais à part leur dire sans grand enthousiasme « pas d'amélioration en vue pour Joseph Richter », je n'ai pas tellement eu d'éléments nouveaux à verser au dossier.

De retour dans l'agréable chaleur du commissariat après ma brève sortie dans le congélo, à l'extérieur, j'envoie un message à Herschel pour lui demander les nouvelles du jour et lui dire qu'il me manque, avant de me remettre au boulot sans attendre.

Tu parles d'un merdier…

Depuis Robbie, j'avais plus ou moins abandonné l'idée de trouver quelqu'un avec qui partager ma vie, déjà parce que la manière dont ça s'est terminé avec lui était assez merdique – bien qu'on soit toujours restés en contact ; cela dit, lui comme moi savons pertinemment que c'est à peu près aussi sain qu'une relation entre un alcoolique pathologique et un flacon de parfum. Il faut aussi bien voir que je n'ai pas non plus l'embarras du choix, ici. Banff doit compter une demi-douzaine d'hommes gays dans sa population, Herschel et moi compris, c'est dire. Et les autres sont sûrement de ces types qui ont lâché l'affaire et se sont rangés à contrecœur avec une femme et des gosses, ou alors ils sont passés maîtres dans l'art de la dissimulation, parce qu'on ne peut pas dire que j'en croise des masses dans la rue, en toute honnêteté. Mais il a fallu que je rencontre mon petit emmerdeur de première de la façon la plus fortuite qui soit pour remettre les choses en perspective, et maintenant que j'ai recommencé à entrevoir mon avenir autrement qu'en vieux garçon aigri, seulement aimé de son chien, et encore, on dirait que la vie a décidé de foutre un peu la merde pour pimenter le jeu. Ça faisait longtemps que je n'avais pas sérieusement envisagé de me replonger tête la première dans une relation, et il faut que ça se passe comme ça. C'est frustrant, épuisant même, au point que j'en perds mes gros mots, c'est dire.

Plusieurs heures plus tard, alors que Brock et moi sommes en patrouille au centre commercial, en train d'écouter deux pères Noël bourrés nous expliquer pourquoi ils se sont foutus sur la gueule, mon téléphone vibre. Je m'écarte de quelques mètres et me dépêche de répondre.

— Herschel ?

— Euh... non, c'est...

Et merde... le retour de la vengeance du passé, justement. Il manquait plus que ça.

— Robbie, soupiré-je. Je suis au boulot. Qu'est-ce que tu veux ?

— Toujours aussi aimable.

— Désolé, mais là, je suis en train de bosser, alors, les priorités...

— Je ne t'embêterai pas longtemps, promis, mais je me disais que comme c'est Noël, je pourrais venir te voir un peu.

— Non, ce n'est pas possible. Désolé.

— T'as pas l'air désolé, Sawyer. Et c'est bien la première fois que tu m'envoies balader. Surtout à cette période.

— Je sais exactement où vont tes pensées, Robbie, et si tu viens juste sonner à ma porte pour ta partie de baise trimestrielle, ce n'est pas la peine.

— Ça ne t'a jamais déplu auparavant, nos parties de baise trimestrielles, comme tu dis.

— Peut-être, mais là, j'ai une nouvelle perspective, pour ainsi dire. J'essaie de me rappeler qu'on n'a pas rompu sur un coup de tête, à la base. Et j'ai quelqu'un dans ma vie, donc merci, mais non merci.

— Je vois.

Ça, vu comme il a l'air vexé comme une vieille rombière, d'un seul coup, *il voit*, ouais. Avec Robbie, ça a toujours été compliqué. Lorsqu'on s'est séparés parce qu'on je ne supportais plus de le voir, je pensais que ça serait définitif, mais quelques semaines, après il est revenu ; je n'ai pas résisté, et on a baisé. J'ai alors entretenu un petit espoir que ça signifiait quelque chose, peut-être le début des concessions, de la maturité, pour lui comme pour moi, d'ailleurs, mais en fait, non. Il avait simplement besoin de moi pour le sexe, sans attaches, et surtout sans avoir à cohabiter, ce qui était, d'après ses propres dires, « la bête noire » de notre relation lorsqu'on était encore ensemble. Et là, comme un parfait connard, au lieu de couper les ponts, j'ai continué à accepter que, de temps en temps, il vienne passer quelques jours pour que je le tronche dans toutes les positions, jusqu'à ce qu'il reparte comme il est venu. Mais en marchant un peu moins droit, quand même. Je suis un homme de principes, et tout ce que j'ai pu expliquer à Herschel est vrai, je ne couche pas comme ça, pour le fun, avec des types que je ne connais pas, mais avec Robbie, j'ai toujours fait n'importe quoi. Je n'ai jamais réussi à lui dire non, et passé le plaisir de s'envoyer en l'air, dès qu'il repartait, j'avais comme un goût de cendres dans la bouche. Alors là, cette fois-ci, hors de question, j'ai Herschel dans ma vie, et même si je veux bien admettre que lui et moi en sommes à un stade plutôt précoce, peu importe, j'ai promis d'essayer, et ce n'est pas pour sauter sur Robbie, à l'ancienne, avec pour seule perspective une semaine de baise débridée avant qu'il se souvienne brusquement qu'il aime trop sa liberté. Non, c'est décidé ; absolument rien ni personne ne me fera trahir mon emmerdeur de première, à plus forte raison au vu de sa situation actuelle.

— Et si je venais te voir juste pour te voir ?

— Robbie... c'est pas vraiment le mom...

— Pitié ? Je te jure, je me sens seul en ce moment, tu me manques, et je me suis encore pris la tête avec ma famille. Ce serait juste pour Noël.

Je vais regretter de ne pas raccrocher immédiatement, j'en suis certain, mais l'entendre me supplier comme ça... je me sens terriblement faible, tout d'un coup, mais je dois tenir.

— Je te le redis, mon mec, j'y tiens, alors je ne peux pas me permettre de...

— J'ai compris, me coupe-t-il, ne t'inquiète pas. J'ai juste besoin d'un ami.

— T'as des *tonnes* d'amis.

Que tu as toujours fait passer avant moi, à l'époque, mon petit pote.

— Mouais... et c'est sérieux avec... ?

— Herschel. Et oui, ça l'est.

— Je suis jaloux, plaisante-t-il.

Je fronce les sourcils par réflexe.

— Pourquoi ?

— Parce que je sais ce que c'est d'être aimé par toi, donc...

— Robbie, arrête, tu sais très bien pourquoi on n'est plus ensemble.

— Ouais, je sais et je crois que je regrette. Sincèrement. J'ai été con.

— Si tu crois pouvoir me récupérer en me présentant des excuses foireuses avec des années de retard...

— Non, non, je sais très bien que c'est ma faute... c'est juste que la période de Noël me rend nostalgique, tu te souviens le week-end qu'on avait passé au Mex....

— Bon, écoute, je ne te raconte pas d'histoires, je suis vraiment en train de bosser, là, donc je n'ai ni le temps ni l'envie que tu me fasses le coup de la machine à remonter le temps.

Brock m'adresse un petit signe pour m'indiquer qu'il va sortir et sûrement rejoindre la voiture. Je lui emboîte le pas, tâchant de mettre fin à cette embarrassante conversation au plus vite.

— Oui... Euh... Bien sûr, pardon. Je peux venir, alors ?

— Robbie, ce n'est pas possible. Il va falloir que tu m'oublies et que tu passes à autre chose. Tu sais, si l'époque avant notre rupture te manque, c'est que t'es prêt à passer à une relation sérieuse. Mais avec quelqu'un d'autre, parce que tu sais que toi et moi, ça ne fonctionne pas.

— D'accord.

Je sens une véritable et profonde douleur dans sa voix, mais je ne peux pas décemment accueillir mon ex chez moi et affirmer dans le même temps à Herschel que j'essaie de construire un truc avec lui, même si, par la force des choses, tout est en pause en ce moment. Je ne me vois pas décemment non plus appeler mon emmerdeur unique et préféré pour lui demander si mon ex peut dormir sur mon canapé quelques jours, quand lui est au chevet de son père, entre la vie et la mort, pour on ne sait encore combien de temps.

— Au revoir, Robbie, prends soin de toi.

Je raccroche en me sentant tout sauf fier, mais je vais devoir faire avec. Indépendamment de ma vie amoureuse récente, en toute objectivité, ça fait des mois que j'aurais dû avoir cette conversation avec Robbie. Quand je grimpe dans ma voiture de patrouille avec Brock, je ne pense qu'à Herschel, à ce qu'il est encore, à l'instant même, en train d'endurer, et aussi à mon envie de le rejoindre, de le prendre dans mes bras et ne plus jamais le laisser partir.

Herschel

Tu me manques à en crever.

Cette phrase, je l'ai relue toute la journée, encore et encore. Ce n'est qu'un fragment du dernier message que m'a envoyé Sawyer, mais c'est bien ce que j'ai envie d'imprimer dans mon esprit en lettres de feu.

À l'hôpital, le temps semble refuser obstinément d'avancer. Mon père est toujours dans le coma, et les médecins restent silencieux, au point que j'ai presque l'impression qu'ils m'évitent. Hier soir, j'ai surpris malgré moi une conversation entre deux infirmières passant dans le couloir, et l'une d'entre elles disait qu'il allait falloir un miracle pour que mon père se réveille. C'est tout ce que je demande, là, en cet instant. Tout ce pour quoi je prie inlassablement. Un miracle. Un « putain » de miracle comme pourrait le dire mon flic bourru, qui ne me lâche pas. Je n'ai pas encore eu la force de l'appeler, en toute honnêteté. Jusqu'à aujourd'hui, j'ai été tout sauf en état de tenir une conversation à l'oral, mais lire son message, le dernier parmi les dizaines qu'on a échangés jour et nuit, et l'imaginer me dire que je lui manque de vive voix m'emplit d'espoir pour la première fois depuis que j'ai mis les pieds dans cet hôpital, et fait disparaître les dernières raisons que j'avais de ne pas lui parler au téléphone. Quand je compose son numéro, que j'ai enfin obtenu après le désastre du jour de l'accident, mon cœur bat à mille à l'heure.

— Hé, c'est moi, dis-je presque timidement lorsque Sawyer décroche après une demi-sonnerie.

— Putain, je suis content d'entendre ta voix.

— Moi aussi.

Ma voix, je la sens trembler un peu, et je ne peux retenir les larmes qui se mettent à couler sur mes joues. Je ne sais pas quoi dire d'autre, en fait, et le silence s'étend, seulement coupé par le bruit de mes reniflements absolument pas sexy, jusqu'à ce que Sawyer soupire.

— Tu veux que je vienne ? Tu n'as qu'un mot à me dire et je prends la voiture, j'en ai rien à foutre de fermer le poste bien avant les vacances, si t'as besoin de moi tu n'as qu'à...

— Sawyer ?

— Ouais ?

— Merci.

— Tu me tues, là, je suis à deux doigts de mettre ma menace à exécution.

— J'ai envie que tu viennes, vraiment, mais je n'ai pas envie que tu aies des soucis en t'absentant, surtout après ce qu'il s'est passé avec Dennis.

— Tu marques un point. Qu'est-ce que je peux faire ?

Je réfléchis, et déjà, entendre sa voix me fait un bien fou, mais il y a bien quelque chose qui me permettrait, réellement et indéniablement, de me sentir mieux.

— Dis-moi, insiste-t-il.
— Quand… quand tu es venu me chercher, tu sais, au chalet ?
— Le soir de l'accident ?
— Oui. Tu m'as… tu m'as donné un surnom et…

Je m'arrête. Mais pourquoi, et comment, ai-je pu perdre aussi complètement mes capacités à m'exprimer ?

— Tu veux que je te susurre dans mots doux à l'oreille ?
— C'est stupide, hein ? Mon père va peut-être mourir, et je te demande de roucouler par téléphone.
— Non, ça n'a rien de stupide, et je ferai n'importe quoi pour que tu ailles mieux. *Mon cœur.*
— Sawyer….
— Je suis là.

Je me sens tellement faible que mes larmes redoublent d'intensité, incapable que je suis de me retenir davantage.

— Herschel, dis-moi de venir, ou rentre, toi, au moins pour une journée.
— Je ne peux pas le laisser seul.
— Alors je viens.
— Tu ne peux pas, Sawyer. Juste…. Juste, parle-moi. Raconte-moi ce que tu veux. J'ai seulement besoin d'entendre ta voix.

Sawyer laisse échapper un grognement, mais là où d'habitude, c'est plutôt un moyen de montrer sa désapprobation, pour ne pas dire, même, que ça le gonfle, là, je comprends que ce n'est pas le cas. J'entends sa frustration, je sais qu'il veut être avec moi, et je brûle de pouvoir me réfugier dans ses bras, mais il a du travail. Ma sœur Vera est retournée à Banff dès le début de la semaine, je lui ai payé un taxi, parce qu'elle n'arrive pas à affronter la réalité, donc je dois gérer le fait d'être seul, et rester à l'hôpital auprès du seul parent qui me reste. Il a besoin de moi.

Plusieurs dizaines de minutes plus tard, après qu'il ait épuisé absolument toute sa réserve de mots pour au moins six mois, mon flic grognon finit par raccrocher en me soufflant un dernier *mon cœur* qui me fout définitivement à genoux. J'espère rester fort assez longtemps pour voir mon père ouvrir à nouveau les yeux, mais je sais maintenant que quoiqu'il advienne, je ne suis pas seul, Sawyer est là, et il ne va nulle part.

Chapitre 14
24 décembre

Herschel

Noël a longtemps été ma fête préférée, celle que j'attendais chaque année avec impatience. Dès le 1ᵉʳ janvier, je me projetais déjà en décembre, comme un gosse. J'avais même l'habitude de réfléchir tout au long de l'année, dans ma jeunesse, aux cadeaux que j'allais pouvoir offrir à mes proches.

Tout a changé avec la mort de ma mère. Elle nous a quittés beaucoup trop tôt, emportée soudainement par un accident de ski aussi brutal que stupide. C'est dans ce genre de moment qu'on mesure à quel point la vie peut être fragile. Une mauvaise chute et c'est terminé. Pour elle, ça ne s'est pas produit à Noël, mais en plein milieu du mois de février, alors que j'étais dans cet amphi à écouter un prof barbant. Je me souviens de ce coup de fil qui a changé le cours de ma vie, lorsque mon père m'a annoncé, d'une voix tellement brisée que je l'ai à peine reconnue, que je devais rentrer le plus rapidement possible. Je me souviens surtout de ce premier Noël sans elle ; mon père, toujours terrassé par le chagrin, avait alors décidé de bosser non-stop pour oublier l'absence de sa femme et de ses enfants par la même occasion.

Vera est en train de me faire la même chose, aujourd'hui – même si elle se targue de n'avoir aucun trait de caractère en commun avec notre père – elle a refusé de laisser le restaurant fermé plus de deux jours et elle a repris les choses en main pour faire tourner la boutique pendant que son légitime propriétaire demeure entre la vie et la mort. De l'extérieur, son attitude pourrait être perçue comme de l'égoïsme, mais pour moi qui la connais mieux que personne, je sais pertinemment que ce n'est pas le cas ; il s'agit ni plus ni moins que d'un réflexe défensif. Elle s'efforce de ne pas le montrer, mais je sais qu'elle souffre tout autant que moi. Seulement, sa façon à elle d'affronter l'adversité est de se planquer en plongeant dans le boulot pour s'empêcher de trop réfléchir.

Ce matin, cependant, Vera est revenue à Calgary et m'a annoncé qu'elle prenait le relais pour rester au chevet de notre père. J'ai d'abord refusé, mais elle m'a supplié de rentrer à la maison, de prendre un peu soin de moi et de ne revenir qu'à l'issue du week-end. Ce qu'elle n'a pas réalisé, c'est que demain, c'est Noël, et que je ne me vois absolument pas rester chez moi, tout seul. Je suis dans un état loin, très loin au-delà de l'inquiétude, et la solitude ne risque pas de m'aider. Cela étant dit, il paraît que j'ai une tête d'enterrement, que je ne ressemble à rien et que dans quelques jours, on pourra carrément voir à travers moi ; alors je me suis résigné devant l'insistance de ma petite sœur et ses mots si peu diplomates, mais tellement vrais, j'imagine. J'ai donc pris sa voiture et je suis rentré à Banff, mais au lieu de me rendre directement chez moi, me voilà garé devant chez Sawyer. Je ne lui ai pas dit que j'arrivais. J'aimerais lui faire la surprise et passer Noël avec lui, s'il le veut bien, évidemment.

J'ai tellement besoin de lui, c'en est quasiment vital, je le sens dans mon ventre qui se tord, dans mon pouls qui s'accélère, dans ma poitrine qui se serre lorsque je pense à lui. J'ai besoin de sa force, de son courage, de sa chaleur, de… *tout*, en fait. C'est exactement pour cette raison que je me tiens de nouveau devant sa porte.

Le ciel est chargé, d'un gris presque blanc, et de la neige tombe paresseusement sur la ville. En d'autres circonstances, j'aurais trouvé l'ambiance magnifique pour une veille de Noël, mais aujourd'hui, dans mon état d'esprit actuel, ça me colle un cafard de tous les diables.

La voiture de Sawyer n'est pas dans l'allée, mais il y a de la lumière dans la maison et je me dis que je peux toujours tenter le coup. Après tout, je sais que le commissariat est fermé pendant dix jours, donc au pire, s'il n'est pas chez lui, il ne doit pas être bien loin, et si je peux l'attendre au chaud, c'est toujours ça de pris.

Mon cœur bat à une allure folle lorsque je frappe. Je veux le voir, l'entendre râler, ou grogner, même, rire, me taquiner parce que je suis une catastrophe, me sourire. Derrière la porte, j'entends Meatball japper, mais personne ne vient. Je réitère, n'obtenant toujours aucune réponse à part les bruits du chien qui, même si le battant nous sépare encore, a l'air content de me voir, en tout cas.

Je trouve cette situation bizarre, malgré tout, et j'essaie de tourner la poignée ; c'est ouvert. J'ai si froid que je n'hésite pas à entrer, tandis que le berger allemand me fait la fête comme jamais.

— Sawyer ? appelé-je.

J'entends alors du bruit, un peu plus loin dans la maison.

— Ton maître se cache ? demandé-je à Meatball.

Des bruits de pas se rapprochent peu à peu, et je lève les yeux avec une joie non dissimulée, mais mon cœur s'arrête net.

— Qui vous a donné le droit de rentrer ici ? s'insurge un homme qui n'est absolument pas Sawyer.

Je le reconnais instantanément, parce que j'ai déjà vu sa photo auparavant. Là, devant moi, se tient l'ex-compagnon de mon flic grognon, une serviette autour des hanches, la peau et les cheveux encore humides après sa douche. Je ne connais pas son nom, mais c'est bien lui, j'en mettrais ma main à couper.

— Hé, je vous ai posé une question. Vous êtes qui, et de quel droit vous entrez ici ?

J'essaie d'ouvrir la bouche, mais rien ne sort. Je reste fixé sur lui, hagard, et un milliard de scénarios catastrophes passent dans ma tête en un éclair. Cet homme se tient là, devant moi, chez Sawyer, et j'ai beau tenter de trouver une explication simple et rationnelle, la seule chose que je suis capable de m'imaginer, c'est qu'alors que je suis en train de prier de tout mon cœur pour que mon père survive, Sawyer, lui, a trouvé un peu de réconfort en passant la nuit avec son ex… enfin, son ex, c'est ce qu'il m'a dit l'autre fois. Au final, je n'ai aucune preuve que c'est la vérité.

— Désolé, marmonné-je alors que des larmes irrépressibles me montent aux yeux sans que je parvienne à les contenir.

Je n'hésite pas une seconde de plus ; je me retourne et sors en trombe de la maison avant que le barrage ne cède brusquement. J'ai du mal à respirer, et comme prévu, je me mets soudain à pleurer toutes les larmes de mon corps, parce que je me sens trahi, et surtout incroyablement stupide. J'ai l'impression d'être le dernier des idiots en ayant pensé que j'allais peut-être vivre une histoire d'amour longue et magnifique.

Une petite voix dans ma tête essaie malgré tout de me convaincre que je dois me tromper, que ce n'est qu'une coïncidence, que ce n'est pas parce qu'il y a son ex chez lui et que ce dernier vient de prendre une douche que cela signifie qu'ils ont couché ensemble. Une autre, plus réaliste, me rappelle qu'on ne s'est rien promis, Sawyer et moi, qu'on a à peine échangé trois baisers, que rien ne l'oblige à se refuser de faire ce qu'il veut, et avec qui il veut.

Je suis en miettes, toutes ces voix qui résonnent sous mon crâne m'embrouillent l'esprit, mais quoi qu'il en soit, le mal est fait. Lorsque je grimpe dans la voiture de ma sœur, je ne sais pas où je veux aller, mais il faut que ça soit loin d'ici. Je veux juste m'enfuir, à cet instant, et me planquer quelque part où je vais pouvoir laisser la douleur finir de transpercer mon cœur, sans témoins embarrassants ni squelettes sortis du placard.

Sawyer

J'ai trouvé le cadeau parfait pour Herschel. J'ai pris mon courage à deux mains, mon attitude de flic bourru qui fait peur, et je suis allé chercher la seule chose qui pourra mettre du baume au cœur à mon emmerdeur préféré – avec toute l'affection du monde – même s'il est devenu en presque un mois la personne la plus importante de ma vie, celui que j'ai envie de chérir, et de faire vriller, aussi. Malgré les événements de cette fin d'année, avec son père toujours dans le coma, j'ai tenu à lui trouver un cadeau pour cette fête qu'il adore tant. J'ai envie de lui redonner le sourire, même si ce ne doit être que pour quelques secondes, et j'ai vraiment hâte de voir sa tête quand il réalisera quelle prouesse j'ai accomplie. Ouais, j'ai assuré, sur ce coup-là.

J'ai encore quelques trucs à faire, et ensuite je vais rentrer chez moi et préparer ma valise pour rejoindre Herschel à Calgary. Il va falloir que je foute Robbie dehors, aussi, et je dois dire que cette perspective-là ne m'enchante pas outre mesure. Hier soir, il s'est pointé comme une fleur sur le pas de ma porte, la bouche en cœur et les yeux remplis de larmes de crocodile en me suppliant de l'héberger pour la nuit. Le salopard.

— Je t'avais expressément demandé de ne pas venir, lui ai-je dit.

— J'avais vraiment besoin de te voir, j'ai fait la pire des erreurs, j'aurais dû dire oui, j'ai envie d'être avec toi, m'a-t-il répliqué d'une traite, comme s'il voulait être bien sûr de pouvoir me servir son beau discours d'un coup, avant que je puisse en placer une.

On s'est alors disputés violemment (c'est un euphémisme) ; j'ai dit tout ce que j'avais sur le cœur et je n'ai pas été tendre. J'ai aussi rajouté que je regrettais de ne pas avoir coupé plus tôt ce lien qui continuait jusqu'alors à nous unir, que ce qu'on a gardé entre nous était tout sauf sain, qu'accessoirement ça allait à l'encontre de tous mes principes et que je m'en voulais terriblement d'avoir été aussi faible. Il s'est alors copieusement excusé pour tout le mal qu'il a pu me causer, mais alors que je pensais claquer la porte et ne jamais le voir, il m'a annoncé qu'il n'avait nulle part où dormir et qu'à cette heure, la route était trop dangereuse pour rentrer. Mais quel putain de crevard, sans blague. Dans ma grande mansuétude (confinant à la connerie, je suis le premier à m'en rendre compte), j'ai accepté qu'il dorme sur mon canapé en lui faisant promettre de décamper à la première heure ce matin, parce que je ne veux plus de lui dans ma vie. Maintenant, j'ai Herschel, je suis en train de construire, doucement certes, un truc cool avec lui, et ça aussi, j'espère que c'est un euphémisme. Surtout, je me dois d'être là pour lui, compte tenu des circonstances, et le soutenir au maximum alors qu'il s'apprête peut-être à devoir faire le deuil de son dernier parent vivant.

Quand j'entre chez moi, enfin, en début d'après-midi, Meatball me saute dessus, visiblement très heureux de me voir.

— Tu te rends compte que je suis parti seulement depuis ce matin, débile de chien ?

Malgré la petite pique, je le gratouille derrière les oreilles. Il se met alors à faire un mouvement absurde avec sa patte, comme si c'était lui qui se grattait.

— T'es irrécupérable.

— Salut !

Je lève le nez et tombe sur Robbie.

— Ah. Salut. Je vais devoir te foutre dehors, désolé, mais dans un quart d'heure maximum je décolle.

Meatball me donne un coup de patte.

— Oui, mon beau, on va aller faire une balade, et passer Noël avec Herschel, t'en penses quoi ?

Même s'il ne comprend rien à ce que je peux lui raconter, rien que le fait de lui parler semble le mettre au comble du bonheur et il saute littéralement partout. Il va vraiment falloir que je le laisse un peu cavaler, sinon il va nous déclencher catastrophe sur catastrophe, ce soir.

— Ah… euh, d'accord, répond alors Robbie, qui ne fait rien pour dissimuler sa profonde déception.

En même temps, qu'est-ce que tu croyais, hein ?

— Désolé, mais tu connaissais les conditions. Je crois avoir été on ne peut plus clair hier soir, t'es pas d'accord ?

— Ouais, je sais, c'est juste…

— Arrête. S'il te plaît. Je te jure que je n'ai pas la patience de me disputer avec toi une fois de plus, et j'ai pas tellement envie d'avoir à te balancer dans une congère non plus.

Robbie s'approche de moi et pose ses deux mains sur mon torse.

— On était bien, tous les deux, non ?

— Il fut un temps, oui, mais je te rappelle que c'est toi qui en as décidé autrement. Et puis je te l'ai dit, j'ai déjà quelqu'un dans ma vie, et il compte, lui expliqué-je encore en retirant gentiment, mais fermement ses mains de mes pectoraux.

Il n'en rajoute pas plus, s'écarte et commence à refermer sa valise, qui traîne près du canapé.

Je fais mine de vouloir me rendre dans ma chambre pour préparer mes affaires, quand Robbie m'interpelle.

— Au fait, tout à l'heure, j'ai mis un mec dehors, il est rentré comme ça, comme chez lui, super bizarre.

— Hein ?

— Ouais, j'étais sous la douche, et puis j'ai entendu quelqu'un parler dans le salon, je pensais que c'était toi, et puis non. Pas gêné, le gars...

Je fronce les sourcils sans même m'en rendre compte.

— C'était peut-être Brock, mais il aurait pu m'appeler, ce tocard. Il était grand, brun, les yeux marron, l'air gentil, mais un peu abruti ?

— Ah, euh, non... du tout. Plutôt du genre cheveux noirs, pas super grand, une tête de zombie, étrange, quoi.

Je me fige instantanément.

— Pardon ?

— Bah quoi ! Pour moi, il était clairement bizarre, c'est tout...

— Il était comment, *exactement* ?! m'énervé-je aussitôt. Les cheveux mi-longs, noirs ? Les yeux gris ? Et sûrement une grosse parka bleue sur le dos ?

— Euh... ouais... c'est.... Oh, merde, c'est ton mec, c'est ça ?

— Putain ! Oui ! Évidemment ! érupté-je. Tu as fait quoi, bordel de merde ?!

— Mais rien ! Je te jure, je suis arrivé dans le salon, je lui ai demandé ce qui lui avait donné le droit de rentrer ici, et puis il s'est retourné et il a décampé aussi vite, sans décrocher un mot. J'étais sous la douche et...

Je vois rouge, et tandis que je prends mon téléphone portable pour composer le numéro d'Herschel, je me rejoue le film dans ma tête. Lui rentrant, sûrement parce qu'il a entendu Meatball, et tombant sur un mec à moitié à poil, chez moi.

— Je suis désolé, je savais pas...

— Toi, tu la fermes.

La tonalité retentit dans mon oreille, mais Herschel ne décroche pas.

Merde, merde, merde....

Je raccroche et recommence.

À trois reprises, je compose son numéro, mais mes appels restent sans réponse.

— Je...

— Robbie, si tu ne veux pas que je devienne encore plus grossier que d'habitude et qu'ensuite je te botte le cul jusqu'en Floride, tu as intérêt à SURTOUT ne rien dire. Je veux que tu prennes tes affaires et que tu sortes de ma vie, tout de suite, en silence et sans te retourner.

Je tente de garder mon calme, mais c'est difficile.

Mon invité-surprise, pour une fois, m'obéit, mais alors qu'il ouvre la porte de ma maison, prêt à partir, il se retourne vers moi.

— Je suis désolé, Sawyer, sincèrement.

Il s'en va sans que je trouve la force de lui adresser autre chose qu'un vague signe de la main comme solde de tout compte.

Je suis en plein milieu d'un putain de quiproquo à la con et ça me rend parfaitement dingue. Je chope mes clés de voiture d'un geste rageur.

— Allez, viens, appelé-je mon chien, je vais te foutre en pension chez tonton Brock pour la journée parce que j'ai du pain sur la planche.

Dans ma voiture, je tente une dernière fois d'appeler Herschel, sans succès. Je décide de lui laisser un message, malgré tout.

— Hé, c'est moi. Écoute, je sais que t'es venu à la maison. Je ne sais pas ce que tu as cru comprendre, mais il ne s'est strictement rien passé, d'accord ? J'ai logé Robbie pour la nuit, il a dormi dans le canapé et je l'ai foutu dehors *manu militari* ce matin. Je te veux, *toi*, Herschel, et jamais je ne ferais quoi que ce soit qui te causerait le moindre tort. Alors, je te préviens, je vais retourner toute la ville s'il le faut, et même tout l'Alberta, si on doit en arriver là, pour te rejoindre, qu'on clarifie les choses une bonne fois pour toutes, OK ? Et tu sais à quel point je peux être une vraie tête de con. Alors, ne bouge pas, et rappelle-moi, s'il te plaît, hein ?

Quand je démarre la voiture, je me sens investi d'une mission pratiquement divine, et je ne m'arrêterai que lorsque je tiendrai mon petit emmerdeur préféré au creux de mes bras, en sécurité. Parole de Sawyer.

Chapitre 15
24 décembre

Herschel

Mes yeux fixent le plafond de l'église dans laquelle je suis assis. La messe de Noël ne commence que dans deux heures, mais j'ai déjà pris place sur l'un des bancs. En général c'est à minuit, le 25 donc, dans les autres villes, mais le froid est tellement violent ici qu'elle a lieu plus tôt. Je ne savais pas quoi faire d'autre que de venir ici. Je n'arrive même pas à comprendre ce que je ressens ; j'ai l'impression d'avoir une chape de plomb au-dessus de la tête et un étau serré autour de la poitrine. Je me suis même demandé si je n'allais pas me noyer dans mes propres sanglots, mais j'ai réussi, au bout d'un moment infiniment long, à me calmer ; malgré tout, le mal-être est toujours là.

J'ai beau être, pour l'instant, le seul présent, l'église n'est pas silencieuse, loin de là ; le révérend a déjà commencé à diffuser, dans les haut-parleurs, des chants de Noël qui emplissent la pièce, mais ne font que m'enfoncer plus profondément dans mon propre chagrin, en toute honnêteté. Comme chaque année, un sapin richement décoré trône près de l'autel, et des guirlandes faites de branchage sont accrochées aux extrémités des bancs, le long de l'allée centrale. Je ne me suis jamais senti rejeté, ou jugé, ici.

L'Église presbytérienne a, depuis quelques années déjà, décidé d'accueillir véritablement tout le monde, jusqu'à même, récemment, célébrer des mariages entre personnes de même sexe. Je me souviens encore avec précision de la conversation que j'ai eue ici même avec le révérend, peu après la mort de ma mère.

— Est-ce que... Dieu m'aime ? lui avais-je demandé. Vous le pensez réellement ?

— Je ne suis à même de juger qui *Il* doit aimer ou pas. Mais pour moi, toutes les personnes, quelle que soit leur... orientation, sont aimées de Dieu de la même manière.

— Vous êtes un avant-gardiste, alors.

Il avait ri doucement, tout en me regardant avec une profonde compassion qui m'avait paru tout à fait sincère.

— Peut-être, ou peut-être pas. Ici, j'accueille tout le monde, et ceux à qui ça ne plaît pas n'ont rien à dire à ce propos ; sinon, c'est qu'ils n'ont pas compris le message de notre Seigneur.

— Mais, dans la Bible, il y a des choses assez horribles sur... nous. Vous voyez.

— Mon garçon, il y a toujours un grand danger à citer les textes sacrés en sortant les phrases de leur contexte. Il ne faut pas oublier que la Bible a été écrite à une autre époque, dans une société qui n'avait pas grand-chose à voir avec la nôtre, aujourd'hui. Il faut bien garder ça à l'esprit et toujours s'efforcer d'avoir une vision globale du message des textes. Ici, tu es en sécurité, Herschel.

Repenser à ce moment qui, à l'époque, m'avait réconcilié avec ma foi et même, d'une certaine façon, avec ma vie telle qu'elle était alors m'arrache de nouvelles larmes.

Je me sens tellement seul que j'ai l'impression de sentir mon cœur se ratatiner dans ma poitrine. Alors je prie. Je prie de toutes mes forces, pour mon père, mais aussi pour moi, pour qu'*Il* m'aide, parce que je n'ai jamais été aussi perdu.

Sawyer

Il fait nuit lorsque je me gare devant l'église presbytérienne de Banff. J'ai passé l'après-midi à arpenter la ville dans tous les sens. Je suis déjà passé chez Herschel, mais il n'y était pas ; j'ai ensuite testé la bibliothèque, puis le Starbucks. J'ai même pu saluer Bonnie, l'une des employées, qui m'a dit qu'elle l'avait croisé. Apparemment, il est resté assis devant son café, sans le boire, en fixant le vide. Elle m'a dit qu'il n'avait pas l'air dans son assiette, et qu'il semblait avoir pleuré. Ensuite, impossible de savoir avec précision ce qu'il a fait. Il serait parti aux alentours de 14h et, depuis, j'ai perdu sa piste. Au début, j'étais animé par une colère sourde, dirigée contre mon très encombrant ex, bien entendu, mais aussi contre moi-même, de m'être montré aussi stupide, mais cette hargne s'est, au fur et à mesure, changée peu à peu en une véritable inquiétude, alors j'ai mis mes gars sur le coup. J'ai appelé mes adjoints et leur ai demandé de tourner un peu, en ville, pour tenter de le retrouver, jusqu'à ce que l'un d'entre eux m'envoie le message qui a tout changé. Herschel est là, réfugié sur les bancs de l'église, et merde, j'aurais dû y penser plus tôt.

Quand je sors de ma voiture, le froid glacial de cette nuit d'hiver me frappe en pleine tête. Les températures se sont encore rafraîchies alors qu'il n'est pas encore 18h. Devant moi, des personnes se dirigent vers l'entrée de l'édifice blanc, entrecoupé de poutres en bois clair.

Lorsque je pénètre à l'intérieur, j'enlève instantanément mon bonnet et accueille la douce chaleur avec délice. De la musique apaisante emplit l'espace déjà occupé par un certain de nombre de fidèles. Je ne suis pas croyant, tout à fait au contraire d'Herschel. Je fais partie de ces gays qui ont plutôt catalogué l'Église (peu importe laquelle d'ailleurs, puisqu'à mon sens il n'y a pas une seule organisation religieuse pour rattraper les autres) comme *l'ennemi* plus qu'autre chose. Malgré tout, je pense, je *sais*, même, que c'est important pour mon homme, et je ne me permettrais jamais de le juger pour ça. Chacun sa croyance, chacun sa merde, comme on dit.

Je parcours des yeux les rangées de bancs jusqu'à tomber sur une chevelure d'un noir de jais, tout devant. Je sais que c'est lui, et le soulagement est tellement intense que je me mets à sourire, bien malgré moi. Il est là, et j'ai bien l'intention d'arranger les choses et de ne plus le lâcher.

En remontant l'allée, je suis salué par quelques fidèles qui, pour ceux qui me connaissent, semblent assurément étonnés de me voir ici, mais je leur offre un signe de tête respectueux, jusqu'à parvenir à la hauteur d'Herschel.

— Je peux m'asseoir ici ? lui demandé-je à mi-voix.

Il lève les yeux vers moi. Alors que le choc de me trouver ici se lit sur son visage, j'y vois aussi autre chose, trahi par ses traits tirés, ses yeux rouges et ses épaules basses.

Il ne me répond pas et ne fait que baisser la tête. Le savoir dans un état pareil est une chose, mais me retrouver devant le fait accompli me serre le cœur, davantage que je l'aurais cru possible. J'ai besoin d'être près de lui, aussi je ne tergiverse pas davantage et prends place à ses côtés. Nos corps se retrouvent en contact, par la force des choses, des genoux jusqu'aux épaules. Je suis si près de lui que je peux le sentir trembler contre moi.

— Tu as eu mes messages ?

Il fait non de la tête.

— Je sais que tu es venu chez moi ce matin, murmuré-je. Tu…

Mais il ne me laisse pas finir ma phrase qu'il s'écarte de moi, d'au moins une place. Ça m'emmerde parce qu'à l'évidence, j'ai visé juste, voir Robbie dans mon salon l'a fait douter de moi et lui a sûrement retourné la tête.

Je me souviens de la confession qu'il m'avait faite, après qu'on se soit embrassés dans mon appartement fraîchement décoré ; s'il y a bien quelque chose qui fonctionne avec lui, c'est quand je me montre autoritaire, et peut-être suis-je en train de commettre une erreur, mais je tends la main pour attraper la sienne et le ramène, doucement, mais fermement, vers moi.

Il se laisse faire, mais je vois son visage se déformer comme s'il essayait de lutter pour ne pas pleurer. Je m'en veux terriblement d'être, d'une certaine manière, responsable de son mal-être actuel. J'ai envie de le serrer contre moi et de lui dire que tout ira bien, et c'est ce que je finis par faire. Je passe mon bras autour de ses épaules et l'invite à se blottir contre moi. Il capitule. Il se laisse aller peu à peu, pleure en silence contre mon épaule et je l'étreins davantage.

— Herschel, écoute-moi, lui chuchoté-je en penchant ma tête vers lui pour que lui seul m'entende. Il ne s'est rien passé avec mon ex, je sais que tu as cru que je t'avais trompé, ou une autre connerie de ce genre, mais ce n'est pas le cas. Crois-moi. Il n'y a que toi, et il n'y aura jamais que toi, maintenant.

Je le sais. Je *sens* au plus profond de mes tripes que lui et moi, on va partir pour une aventure qui durera longtemps. Très longtemps. On est parfaits l'un pour l'autre, il n'y a pas de doute, aussi cucul la praline que ça puisse sonner. Après tout, c'est Noël. Merde.

— Sawyer…. sanglote-t-il.

— Tu me crois ?

Il acquiesce contre mon épaule. J'ai la sensation qu'un poids énorme s'envole soudain de ma poitrine. Même si Herschel a d'autres raisons d'être anéanti, des raisons auxquelles je ne peux hélas absolument rien, au moins, entre nous deux, les choses sont-elles pour un moment apaisées, et même si je sais que je vais avoir des explications plus longues à lui fournir, j'ai au moins rétabli la vérité des faits.

— Ça va aller, mon cœur. Je t'aime.

Lorsqu'Herschel relève la tête, en me regardant avec un ahurissement total, je me rends seulement compte de l'énormité que je viens juste de balancer sans même y penser.

— Sawyer ?

Je ne sais pas quoi lui répondre, encore secoué par ce qui vient de sortir de ma propre bouche, visiblement sans passer par la case *cerveau*. Je suis un mec qui se laisse rarement déstabiliser, mais là, je suis en train de réaliser que je le pense, et qu'au final, ce ne sont pas mes sentiments qui me font peur, mais bien les conséquences de les avoir révélés à ce moment précis, et aussi rapidement.

Quand une main se pose sur ma joue, je m'aperçois que j'avais détourné légèrement le visage. Herschel m'invite à le regarder, et, foutu pour foutu, je décide d'assumer. Je lui offre un sourire sincère.

— C'est la vérité.

— Tu… *tu m'aimes* ?

— Il faut croire que tes tentatives de me rendre dingue ont fini par avoir raison de moi.

— Mais on n'a même pas…

— Même pas quoi ?

Je m'approche encore plus de lui pour que personne ne puisse entendre la suite de ma phrase, ou ne puisse lire sur mes lèvres – on va éviter de provoquer un scandale un 24 décembre au beau milieu d'une église.

— Même pas encore couché ensemble ?

Il a l'air totalement perdu.

— J'imagine que ça prouve que le sexe et les sentiments sont deux choses bien distinctes. Une grande avancée pour la psychologie moderne.

L'arrivée du révérend, qui s'installe à peine devant l'assemblée de ses fidèles, coupe court à toute suite possible à notre conversation. J'ai tout juste le temps de déposer un baiser sur son front et de nous installer plus confortablement, sa main dans la mienne, la chaleur de son corps le long du mien, avant que la messe ne commence. Je me rappelle bien vite pourquoi d'habitude je ne fous jamais les pieds dans ce genre d'endroit, mais j'observe Herschel à la dérobée et mesure à quel point le sermon l'apaise, lui fait du bien. Et puis finalement, je réalise qu'à la réflexion, on n'est pas si mal, ici.

***

Le rassemblement touche à sa fin.

— Bénis-nous dans l'année à venir, afin que nous puissions partager ton amour avec toutes les vies qui touchent la nôtre. Que nos cœurs chantent avec les anges de Noël, Gloire à toi, ô, Seigneur, et sur la terre, paix pour tous ceux qui s'étonnent de ton amour. Amen, récite le révérend.

— Amen, répond l'assemblée, Herschel compris.

— J'aimerais terminer par une dernière prière, reprend l'officiant.

Il se rapproche alors de mon compagnon et tend la main. Celui-ci accepte l'invitation et donne la sienne en retour, que le révérend serre avec un sourire compatissant.

— Cette dernière prière est pour un de nos fidèles, Joseph Richter, qui par son geste héroïque a sauvé la vie d'une jeune femme. Puisse Dieu le guider vers la guérison et veiller sur lui et les siens.

Il ferme alors les yeux, laissant à chacun le temps de faire ce qu'il a à faire.

— Joyeux Noël à tous.

Je perçois, à ce moment-là, qu'Herschel ressent le besoin de parler avec lui.

— Va, je t'attends dans la voiture, lui indiqué-je discrètement.

Il acquiesce et je ne m'attarde pas davantage, alors que résonnent encore une fois les chants de Noël dans la nef en train de se vider. Tandis que je suis seul dans l'habitacle de mon véhicule, que j'ai commencé à faire chauffer, je me rends soudainement compte que je tremble légèrement. Ces derniers jours m'ont remué, moi aussi, plus que je ne l'aurais cru. Je ne le montre pas, et je refuse d'ailleurs de le laisser transparaître à qui que ce soit, mais je me sens, à tout point de vue, épuisé. Je n'ai qu'une hâte, aller me coucher, mais avant toute chose, je dois récupérer Herschel, parce que j'ai besoin de lui, plus qu'il ne pourrait le comprendre, plus, aussi, que je ne pourrais l'avouer, y compris à moi-même.

Quand enfin il sort de l'église et me rejoint, je me sens soulagé. Et je le suis d'autant plus que j'ai eu véritablement peur de le perdre, et pour une connerie pareille, en plus. Quand il grimpe dans ma voiture, je tends la main vers lui. Il hésite, un instant, son regard alternant entre mon geste d'ouverture et mon visage, mais au bout de quelques secondes, il capitule et me laisse entrelacer nos doigts. J'ai besoin de ce contact, il me rassure. Moi, le mec normalement le plus détaché, le plus cynique, et probablement le moins porté sur ce genre de trucs au monde, je me rends compte qu'à cet instant, mes insécurités prennent le dessus envers et contre tout. J'embrasse ses phalanges, doucement, avant de poser nos mains jointes sur ma jambe.

— Tu m'as foutu la trouille, vocalisé-je avec une légère difficulté. Je t'ai cherché partout.

— Désolé, dit-il en baissant les yeux.

— Hé, non, regarde-moi.

Je l'invite gentiment à relever la tête vers moi en poussant son menton à deux doigts.

— C'est moi qui dois m'excuser. Robbie, mon ex, il... il s'est pointé hier soir, complètement par hasard, et surtout, complètement au débotté. Je ne l'ai pas invité, mais il est venu quand même, tard, et je n'ai pas eu le cœur de le foutre dehors en pleine nuit. Il a dormi chez moi, sur le canapé, et il ne s'est rien passé de plus, mis à part que cette fois, je pense m'en être coupé définitivement, après les échanges qu'on a eus ce matin.

— Rien, alors ?

— Rien, je t'assure, mais je te dois quand même des explications.

Je m'écarte de lui et il fait de même, mais sa main reste toujours dans la mienne, et c'est tout ce qui compte.

— Il est venu en pensant pouvoir passer la nuit avec moi. C'est arrivé plusieurs fois depuis notre rupture. Il vient, se tape les quatre heures de route jusqu'ici, ce qui lui donne une vague légitimité, je me fais avoir à chaque fois, puis me laisse croire qu'il veut recommencer, alors je lui redonne sa chance, parce que je suis trop con, et il reste quelques jours, ou même quelques semaines, jusqu'à ce qu'il se lasse et reparte, en m'oubliant comme une merde. Là, ça faisait presque huit mois qu'on ne s'était pas revus. Et la raison pour laquelle on s'est séparés, c'est qu'il y a un moment de ça, plus ou moins quatre ans et demi, je dirais, je lui ai demandé de m'épouser, mais il m'a dit non, parce qu'il voulait garder notre relation *casual*, sans contrainte. Je l'ai très mal vécu, parce que ça me donnait l'impression de ne pas être assez bien pour mériter son exclusivité, et ça s'est vite arrêté après ça ; plus moyen de cohabiter avec un truc aussi énorme entre lui et moi. J'ai même demandé à me faire muter tellement j'avais besoin de respirer un peu. Je ne t'ai pas menti, en t'affirmant que je ne suis pas de ces mecs qui couchent pour s'amuser, mais Robbie a toujours été ma faiblesse, en dépit de tous mes beaux principes à la con.

— Mais pas cette fois ?

— Non. À cause de toi. *Grâce* à toi. Parce que je veux nous donner une chance. Je t'ai tellement fait chier avec ces putains de principes que ce serait vraiment abuser de ma part que ça n'aille que dans un sens.

Il acquiesce avant de tourner son regard vers l'extérieur.

— J'ai cru... j'ai cru que... en fait, je ne sais pas vraiment ce que j'ai cru.

— Tu as cru que je n'avais pas supporté qu'on ne baise pas, ce jour-là, et que je sois allé chercher quelqu'un d'autre pour te remplacer ?

Sa non-réponse me donne confirmation. Bizarrement, ça ne me blesse pas, pour la simple et bonne raison qu'en ce moment, Herschel a son père à l'hôpital, dans un état toujours critique, aux dernières nouvelles. On ne peut pas dire qu'il soit très en forme, et certainement pas assez pour raisonner froidement, sans aucune émotion.

Je tire sur sa main pour l'obliger à me regarder.

— Herschel. Tout ce que je t'ai dit est vrai. Tu dois me croire, je ne joue pas. Et j'ai encore assez de patience pour tenir des *semaines* sans m'envoyer en l'air, si on doit en passer par là. Et jamais, au grand jamais je ne t'aurais trahi comme ça.

— Mais on ne s'était rien promis, tous les deux.

— Ah bon ?

— Je ne sais pas... je sais plus. Je suis tellement fatigué...

J'attrape le col de sa veste et le rapproche doucement de moi.

— Herschel Richter, mon petit emmerdeur préféré, et si on oubliait ce malentendu à la con, hein ?

Il hoche faiblement la tête.

— Et pour ta gouverne, t'es foutu, mon cœur, parce que je ne vais plus te lâcher, maintenant.

— Tu promets ?

— Oui. C'est une promesse. Je peux t'embrasser, maintenant ? lui demandé-je. J'en ai tellement envie, putain.

Les derniers centimètres, c'est finalement lui qui les fait disparaître, et lorsque sa bouche rencontre enfin la mienne, je peux définitivement *respirer*. Notre étreinte est langoureuse, ses lèvres sont encore salées par ses larmes, mais je fais tout pour insuffler en lui cette nouvelle chaleur qui bouillonne dans mon propre corps. Quand il s'écarte, c'est pour, enfin, m'offrir un faible, mais indéniable sourire.

— Tu le pensais vraiment ?

— Quand j'ai dit que je t'aimais ? Oui. Tu viens de découvrir un de mes secrets, je suis un gros niais, en fin de compte.

Il rit doucement, mais quand une nouvelle larme s'échappe de ses yeux déjà copieusement rougis, je me remets à m'inquiéter.

— Tu penses à ton père, c'est ça ?

— Non, enfin, si… mais, je suis épuisé, tu… tu crois que… je peux rester avec toi, ce soir ?

Je prends son visage en coupe avant de déposer un dernier baiser rapide sur ses lèvres. Ses pupilles sondent les miennes.

— Tu rêves si tu crois que je vais te lâcher, maintenant. On va aller chercher Meatball, et toi et moi, on va rentrer au bercail, d'accord ? Et même si l'ambiance n'est pas au beau fixe, on va faire le réveillon ensemble.

Le nouveau baiser auquel j'ai droit est possessif et intense, néanmoins, je remets vite un peu de distance entre nous pour parvenir à conduire.

Il est plus que temps de rentrer à la maison.

Chapitre 16
24 décembre

Herschel

Malgré le contexte, et bien qu'apparemment Sawyer n'ait pas l'habitude de préparer quoi que ce soit le soir de Noël, il nous a emmenés au supermarché pour acheter de quoi nous cuisiner un repas décent pour le réveillon. Je ne suis pas tellement dans l'ambiance, avec l'état de mon père qui ne montre aucun signe d'amélioration, mais je sens que j'ai besoin d'au moins une soirée qui brise l'atroce routine de ces derniers jours, pour reprendre des forces et pouvoir affronter la suite. On a beaucoup parlé, à la fois de la raison de mon retour et de ce qu'il s'est passé ces derniers jours, mais, surtout, Sawyer m'a expliqué son passé avec davantage de détails. Être capable d'avoir une conversation à cœur ouvert avec lui, de cette façon, m'a fait énormément de bien. J'ai ressenti une peine terrible pour lui, lorsqu'il m'a relaté sa demande en mariage ratée, et à quel point cet événement avait pu le secouer, à l'époque. Il m'a assuré que c'était du passé, qu'il avait tourné la page, et je le crois, mais je me dis malgré tout que ce genre de catastrophe émotionnelle doit faire un mal de chien

À son accoutumée, Sawyer m'a enjoint sans grande délicatesse de ne pas tenter de psychanalyser le truc plus loin que le simple aspect factuel, mais cette fois-ci, je sais en mon for intérieur que ça l'a affecté bien plus qu'il ne veut lui-même se l'avouer. La preuve, il a toujours eu du mal à couper le cordon avec son ex, en dépit de ce que ce dernier lui avait fait subir. Mais ce soir, alors qu'il plongeait ses pupilles au fond des miennes, il m'a promis que la seule personne qui comptait maintenant, c'était moi, et je veux le croire. De tout mon cœur.

Après nos courses, nous sommes passés chez Brock pour récupérer Meatball, qui avait l'air très heureux de me voir, puisque notre dernière rencontre ne nous a pas franchement laissé le loisir de profiter du temps passé ensemble. Une fois les effusions du chien plus ou moins sous contrôle, et ça a pris quelques minutes, Brock m'a alors pris dans ses bras en me souhaitant un joyeux Noël en avance, avant de répéter le geste avec son chef. Celui-ci n'a même pas grogné. Je crois que je commence à avoir une influence bénéfique sur mon flic bourru.

Arrivé chez lui, Sawyer m'a ordonné – c'est le mot – de rester assis, et de surtout ne rien faire. Il a disparu dans la cuisine pour préparer notre festin, et depuis, je patiente, tandis que Meatball a posé sa tête sur ma cuisse et me fixe avec des yeux de merlan frit. C'est vrai qu'il est un peu idiot, ce chien. Mais tellement attachant, aussi. Je suis encore retourné par la journée que je viens de passer, croyant d'abord que Sawyer m'avait trahi pour ensuite m'enfuir comme le dernier des imbéciles, on ne peut pas dire que ça ait été la meilleure des idées, mais il m'a finalement retrouvé, et il a tout fait pour recoller les morceaux. Ce que je retiens par-dessus tout, c'est qu'il m'a dit qu'il m'aimait.

Incroyable...

— Et voilà, lance Sawyer, qui revient et dépose théâtralement une assiette fumante, garnie de viande blanche et de purée maison, juste devant moi. La sauce à la canneberge est faite maison. Ce n'est pas un repas gastronomique, mais tu verras, c'est quand même super bon. Enfin, à mon avis en tout cas. Si j'avais eu plus de temps, j'aurais pu te faire goûter ma recette de tarte au beurre, mais on se contentera de notre pot de glace. Après tout, maintenant, on a toute la vie devant nous, pas vrai ?

— Merci beaucoup, et ne t'inquiète pas, comme je te l'ai dit tout à l'heure en courses, de toute façon, je n'ai pas très faim, mais je suis sûr que je vais me régaler de ce que tu m'as préparé.

— Tu n'as pas dû avaler un plat décent depuis l'accident, donc fais-moi plaisir et mange un peu. T'as besoin de reprendre des forces.

Il se penche alors vers moi et dépose un baiser sur ma tempe, qui me fait jaillir une volée de papillons au creux du ventre. Ce Sawyer en mode tendre et protecteur a le pouvoir de me mettre à genoux.

L'odeur qui émane du plat est alléchante, mais je reste un peu bloqué dessus, parce que les pensées se bousculent tellement sous mon crâne que j'ai l'impression de ne plus savoir par où commencer.

— À moins que tu n'aimes pas la dinde ?

— Non, bien sûr que si, je....

Je pensais seulement au fait que tu m'as offert une magnifique déclaration et que je n'ai rien répondu en retour, au fait que j'ai envie de profiter du réveillon alors que ma sœur est au chevet de mon père dans le coma, au fait que j'ai envie de toi, que tu me fasses l'amour toute la nuit pour que tu m'aides à oublier tout ça, juste pour quelques heures.

Mais je ne dis rien, j'ai presque honte de moi, mon père est toujours inconscient, luttant entre la vie et la mort, et je reste là avec mes problèmes existentiels stupides et...

— Mon cœur ?

— Hein ? Quoi ?

— Dis-moi.

— C'est bête, ne t'inquiète pas.

Je plonge alors une fourchette dans mon plat et la porte à ma bouche.

— Hum, c'est vraiment bon.

Sawyer ne relève pas et me laisse manger. Il allume même la télé et met une chaîne au hasard, qui diffuse un film de Noël outrageusement classique que j'ai déjà dû voir une bonne dizaine de fois. Je fais tout pour ne pas culpabiliser. J'essaie de profiter de cette maison que j'ai moi-même décorée, des lumières qui égaient la pièce de leur éclat multicolore, du délicieux repas que m'a préparé Sawyer, et il a raison, sa sauce est divine. J'essaie aussi de faire taire les battements de mon cœur, qui s'accélèrent dès que mon esprit divague vers des pensées érotiques, de plus en plus nombreuses et irrépressibles. Tout se mélange dans mon esprit et je me mets à trembler.

Des mains viennent saisir ma fourchette et mon assiette pour les poser délicatement sur la table, devant moi.

— Herschel, regarde-moi.

Je n'y arrive pas. J'ai un instant peur de ne plus réussir à respirer, mais Sawyer prend mon visage en coupe entre ses mains et m'invite tout en douceur à tourner la tête vers lui.

— Respire avec moi, d'accord ?

Il inspire profondément, avant de laisser filer son souffle sans hâte. Je me calque sur lui et parviens progressivement à me calmer.

— Voilà, continue.

Peu à peu, je reprends le dessus, mais la culpabilité est toujours enkystée au fond de mon esprit, refusant de me laisser tranquille. Elle reste là, bien visible, mais rien ne changera le fait que pour ce soir, j'ai envie de faire l'autruche et d'oublier, au moins pour cette nuit, le drame qui frappe ma famille.

— Il faut que tu me parles, Herschel, je ne peux pas deviner tes pensées. J'imagine que les mecs font ça, aussi, dans tes livres de cul, ils comprennent toujours ce qui se passe dans la tête de l'autre, mais là, je vais te le dire franchement, moi, ça dépasse mes capacités.

— Ce ne sont pas des livres de cul... me défends-je pour la forme, sans vraiment de conviction, même si je suis bien incapable retenir un frémissement à la commissure de mes lèvres.

— Un peu quand même, dit-il en me souriant à son tour avec tendresse.

Je me mets alors à penser à cette liste que j'ai écrite il y a quelques semaines, celle des toutes les choses à faire pour faire craquer mon flic bourru, mais je me rends soudainement compte que le challenge n'était pas uniquement de lui faire ouvrir son cœur, mais aussi de refaire battre le mien. Je me suis renfermé depuis trop longtemps, et Sawyer m'a donné envie de réessayer, envie de... retomber amoureux, et au diable les conséquences.

— À quoi tu penses, mon cœur ?

— Je crois que je t'aime aussi.

— Je sais, répond-il en gardant son sourire au coin des lèvres, toute son assurance habituelle refaisant surface avec un naturel confondant. C'est pour ça que tu as paniqué ?

— Entre autres choses.

— Et c'est quoi, les autres choses, alors, petit cachottier ?

Je prends le temps d'une dernière et profonde inspiration avant de me lancer.

— Je me sens coupable d'être là, à organiser un semblant de réveillon avec toi, alors que ma sœur est à l'hôpital avec mon père, et je me sens coupable, parce que je n'ai pas envie d'échanger ma place avec elle, pour rien au monde ; et surtout, parce que j'ai envie d'être avec toi, et que tu me fasses l'amour toute la nuit.

Il me surprend en m'attirant contre lui sans un mot pour m'envelopper dans une étreinte réconfortante.

— Herschel… soupire-t-il, je refuse que tu te fasses du mal comme ça alors que tu as juste une réaction humaine, c'est tout. Tu as veillé ton père pendant plus d'une semaine, pratiquement sans manger et sans dormir, tu es resté à son chevet sans prendre la moindre pause, et je crois que t'accorder une journée de repos pour prendre soin de toi ne fait pas d'Herschel Richter un être humain de moindre valeur. Tu as le droit d'être égoïste pour vingt-quatre heures. Et si tu veux, dès demain matin, on prendra la voiture pour Calgary, OK ?

Ses doigts massent doucement mon crâne alors que j'absorbe sa chaleur et m'imprègne de l'aura réconfortante de son corps puissant contre le mien.

— Et pour ce qui est du reste, chuchote-t-il à mon oreille, je suis à toi, si t'en as réellement envie.

Sawyer

Herschel se resserre davantage contre moi, jusqu'à caler sa tête au creux de mon cou. Je sens alors ses lèvres se poser sur ma peau. Je me mets instantanément à frissonner de plaisir. Son geste est sans équivoque : il a envie d'aller plus loin, et ce n'est pas moi qui vais l'arrêter.

Pour ce qui me semble être la millième fois, désormais, je saisis délicatement son visage entre mes mains et le force gentiment à relever les yeux sur moi, et lorsque ses iris gris plongent dans les miens, je fais enfin disparaître les derniers centimètres qui nous séparent. Mes lèvres se scellent aux siennes et notre baiser, alimenté par la tension peu à peu accumulée entre nous ces dernières semaines, devient presque immédiatement brûlant. Ses doigts se perdent un peu partout sur moi, et je l'imite avec délices, éprouvant la fermeté de son corps tremblant. Je l'embrasse comme si ma vie en dépendait, comme si je voulais tout lui donner. Je maintiens notre baiser jusqu'à ce que le manque d'oxygène me fasse tourner la tête, m'obligeant à m'écarter quelques secondes.

J'entends alors des jappements, sur ma droite, et lorsque je porte mon regard dans leur direction, je tombe sur Meatball, qui reste assis à nous fixer comme un débile en remuant la queue, son crâne de piaf incliné sur le côté comme dans un nanar familial des années 90.

— Je crois que ton chien est gay, s'amuse Herschel. En tout cas, il a l'air de beaucoup trop apprécier la vue.

— Je déteste quand il fait ça, et je mentirais en disant que c'est la première fois, bougonné-je, mon emmerdeur préféré toujours dans mes bras.

— Et si tu m'emmenais dans ton lit, et qu'on fermait la porte, susurre mon amant dans mon oreille.

Je laisse échappe un léger gémissement quand sa langue vint titiller mon lobe.

Je me relève ensuite et tends la main vers Herschel. Il n'hésite pas une seule seconde et me suit. Dans ma chambre, je reprends d'assaut ses lèvres qui ne demandent que ça. Un par un, nos vêtements disparaissent sur le sol, mes doigts et ma bouche font plus ample connaissance avec ce corps qui me hante depuis quelques semaines. Nos excitations respectives laissent des traces luisantes sur nos bas-ventres tandis que nous tentons de rassasier cette faim ravageuse qui nous tenaille tout autant l'un que l'autre. J'ai envie de le dévorer, de posséder chaque parcelle de son être, et ça devient tellement ardent qu'il me faut une bonne dose de volonté pour rester maître de mes mouvements. Sa peau est fraîche sous mes caresses, et quand elle se couvre peu à peu de chair de poule, je l'entoure de mes bras pour le coller davantage contre moi.

— Tu as froid ?
— Oui, mais il n'y a pas que ça.

Je constelle son cou et ses épaules de baisers.

— Tu trembles, rajouté-je.
— C'est toi qui me fais trembler.

Je relève les yeux vers les siens.

— Tu as peur ?
— Non, je sais que tu ne me feras pas de mal.
— Depuis quand tu... ? osé-je demander, tant il me semble fragile en cet instant.
— Presque un an.

Je caresse gentiment son dos de mes paumes en déposant un autre baiser sur sa bouche si tentante, puis mes mains descendent un peu plus bas, inexorablement.

— Je vais y aller doucement, ne t'inquiète pas, d'accord ?
— Je sais. Mais ne sois pas trop doux non plus.
— Tes désirs sont des ordres.

J'ai à peine terminé ma phrase qu'Herschel m'attire avec lui vers mon lit. Je prends l'initiative de soulever la couette pour qu'il s'y faufile.

Quand mon corps entier recouvre le sien, je ne peux réprimer un frisson d'excitation. Je referme la couverture sur nous.

— Je t'aime, Sawyer.
— Moi, aussi, mon cœur.

Nos bouches avides se retrouvent rapidement. Nos bassins ondulent ensemble, créant une friction divine entre nos deux membres à l'unisson. Chacun découvre le corps de l'autre. Je le fais gémir longuement avec ma bouche, avec mes doigts, essayant de trouver ce qu'il aime, tandis qu'il en fait de même, testant à son tour ce qui me fait vriller. On prend notre temps, profitant de chaque seconde de cette danse à la fois tendre et gauche, et même si nos gestes sont de temps en temps trop empressés ou maladroits, rien ne pourrait gâcher ce moment hors du temps.

Durant de longues minutes, on s'apprivoise l'un l'autre. Je sens mon cœur battre avec une intensité croissante. Herschel, lui, se contorsionne de plus en plus sous moi alors que je le prépare, encore et encore, à me recevoir, et quand enfin ses gémissements se transforment en complaintes rauques et insistantes, je tends la main vers mes préservatifs, parce que je ne peux plus attendre.

— Tu es prêt ? lui demandé-je en haletant.

— Plus que prêt... Dépêche-toi, Sawyer, je vais devenir dingue.

— Ne t'inquiète pas, mon cœur, je te tiens.

Quand enfin sa chaleur m'enveloppe entièrement, je ne peux réprimer un grognement d'une satisfaction incroyablement intense. Je me montre doux, comme je l'ai rarement été, pour nous laisser le temps de profiter de chaque sensation, de chaque embardée. Il n'y a rien de calculé ou de délibérément poétique à cet instant de grâce, juste nos deux corps qui s'unissent, se célèbrent, s'entremêlent jusqu'à ce que ne faire plus qu'un. Je fais l'amour à Herschel comme je l'avais imaginé : avec passion et dévotion. Mais c'est lorsqu'il nous fait basculer tous les deux et qu'il commence à me chevaucher que je me sens perdre peu à peu le contrôle. Mes mains s'ancrent sur ses hanches. J'accompagne chacun de ses mouvements, m'enfonçant encore plus profondément en lui. Nos respirations deviennent erratiques, nos peaux se couvrent de sueur, mon cœur bat de plus en plus vite, de plus en plus fort, au rythme de la mélopée lancinante jouée par nos corps fiévreux. Nos bouches s'attrapent, puis se perdent, pour mieux se retrouver quelques secondes après. Les *encore* d'Herschel me font tourner la tête, et je me nourris du moindre de ses soupirs, de ses mots crus susurrés tout contre mes lèvres. Il est le premier à atteindre l'extase en se répandant sur mon torse, ses muscles affolés se resserrant spasmodiquement autour de mon membre enfoui profondément en lui, mais il ne s'arrête pas là, et il prolonge son orgasme jusqu'à ce que je jouisse à mon tour dans une explosion transcendantale.

Herschel s'écroule alors contre moi. Je l'entoure de mes bras et embrasse sa tempe exposée, juste à portée de mes lèvres.

On ne se dit rien de plus. Pas la peine, nos corps ont parlé pour nous. J'ai l'impression que mon cœur n'a jamais pris autant de place dans ma poitrine. Cela faisait des années que je n'avais pas ressenti une telle déferlante, et tout ce bonheur qui exsude de chaque pore de ma peau n'est pas uniquement dû au trop-plein d'hormones libérées par mon incroyable orgasme ; non, il a tout à voir avec cet homme que je tiens contre moi, et qui a bousculé ma vie bien malgré moi. Aujourd'hui, et malgré le drame dont l'ombre plane, encore à l'instant même, entre nos enveloppes enlacées et le plafond de ma chambre, je peux affirmer sans conteste que j'ai passé l'un des plus beaux Noëls de toute mon existence.

Chapitre 17
25 décembre

Herschel

J'émerge lentement du sommeil et me blottis davantage contre le torse chaud et massif de Sawyer. Je n'ai pas beaucoup dormi, cette nuit, parce que je me suis montré insatiable, impossible pour moi d'assouvir mon envie de mon flic bourru qui m'a montré à quel point il pouvait se montrer attentionné. Je ne compte même plus les fois où nous avons usé les draps, jusqu'à ne même plus chercher à atteindre l'orgasme, profitant simplement du corps de l'autre et de ses attentions.

Dans la grisaille de ce matin d'hiver paresseux, la réalité me revient en pleine face avec une violence que je n'avais pas anticipée, et je ne peux m'empêcher de souhaiter ardemment remonter le temps pour revivre, encore et encore, les dernières heures passées dans les bras de Sawyer. Je me recroqueville tout contre lui jusqu'à passer une de mes cuisses par-dessus les siennes.

— Il est quelle heure ? bougonne-t-il alors, se réveillant à son tour, tout en resserrant ses bras autour de moi.

— Aucune idée.

Je commence à vouloir me lever pour aller chercher mon téléphone portable, mais Sawyer m'empêche de partir. Je me retrouve le dos collé contre son ventre, son bras droit derrière ma nuque, le gauche en travers de mon torse nu.

— Où tu crois aller comme ça ? susurre-t-il contre mon oreille.

Je m'attends à ce que cette étreinte se transforme rapidement en nouvelle séance de sexe, mais Sawyer ne tente rien de plus. Il m'enlace, son corps puissant épousant la forme du mien, ses doigts caressant tendrement ma peau, son souffle réchauffant ma nuque. Sa présence est immuable, réconfortante, enveloppante, même, et il me vient l'envie de me perdre dans ses bras pour ne plus avoir à affronter le monde. Je me rends compte, à cet instant, qu'aujourd'hui nous sommes le 25 décembre.

— Joyeux Noël, Sawyer.

— À toi aussi, mon cœur. J'ai un cadeau pour toi.

— Un cadeau ?

Ma respiration se coupe pendant un court instant, et mon corps doit se tendre de façon perceptible, car Sawyer me resserre contre lui dans une volonté évidente d'apaisement.

— Reste ici. Laisse-nous encore un peu de temps, là, tous les deux. Après, si tu veux, je t'offrirai ton cadeau et, après le petit-déjeuner, on pourra partir pour Calgary et aller voir ton père, d'accord ?

— Tu m'as vraiment acheté un cadeau ?

— Non.

— Euh… désolé, mais je ne comprends pas.

— Tu n'as vraiment aucune patience, tu sais ça ?

Sawyer bouge alors et je me retrouve sur le dos, son corps recouvrant le mien. Je n'ai pas le temps de dire quoi que ce soit que sa bouche prend d'assaut la mienne dans un baiser brûlant qui réveille instantanément mon désir. Je ne peux m'empêcher d'entourer ses hanches de mes cuisses, et de commencer à me frotter contre lui. Nous sommes restés nus depuis hier soir et le sentir contre moi, sans aucune barrière, me donne définitivement envie de basculer encore. Être dans les bras de Sawyer est aussi addictif que je l'avais imaginé. Quand il m'a fait l'amour pour la première fois, je me suis abandonné comme jamais. Ce n'était pas parfait, car nous avons tous deux pris tout le temps nécessaire pour tâtonner, et nous découvrir l'un l'autre au gré de nos propres caresses, mais ce moment hors du temps était tout à fait à notre image et, malgré tout, je peux affirmer haut et fort que j'ai passé une nuit magnifique dans la chaleur de ses bras.

Soudain, à mon plus grand désarroi, Sawyer s'écarte, et sa présence incroyable s'estompe quelque peu lorsqu'il se rallonge à côté de moi. J'esquisse un geste vers lui pour l'encourager à continuer ce qu'on a commencé, mais il m'arrête gentiment.

— Je t'ai autant épuisé que ça, hier ? m'amusé-je.

M'installant sur mon flanc à côté de lui, j'ai tout le loisir de contempler son visage, et, surtout, l'apparition subtile d'un sourire au coin de ses lèvres. Sawyer tourne alors la tête vers moi.

— Légèrement, ouais, et je mentirais en te disant le contraire ; mais, Herschel, même si je n'étais plus capable de la lever, je connais tout un tas de choses qu'on pourrait continuer à faire pour prendre notre pied. Donc, non ce n'est pas pour ça, mais... mais... j'ai peur que tu te réfugies dans le sexe pour ne pas avoir à affronter le reste.

Je suis incapable de me retenir de baisser les yeux. Mon cœur se serre en pensant à mon père, et la culpabilité fait un retour triomphal en grande pompe.

— Hé, ne fais pas ça, regarde-moi, me souffle-t-il avec tendresse.

Je secoue la tête, incapable de communiquer d'une autre façon sur le moment. C'est une constante, chez moi, je fuis son regard dès que quelque chose ne va pas, et lui passe son temps à me dire de faire le contraire. Mais j'ai beau tenter de ne pas affronter tout ça, Sawyer, en se rapprochant de moi, en commençant à embrasser ma joue et à me susurrer des « mon cœur », me fait plier.

— Je ne me sers pas de toi.

— Je sais, ne t'inquiète pas.

— J'ai la trouille, j'ai tellement peur, si tu savais.

Il m'attrape par la taille et tire jusqu'à ce que je me retrouve sur lui. Je me laisse aller contre son torse, mon oreille juste au-dessus de son cœur, ses bras m'entourant entièrement dans une étreinte protectrice.

— T'as tout à fait le droit d'avoir peur.

— Et s'il ne s'en sort pas ?

Formuler à voix haute ce qui me ronge depuis des jours m'arrache de nouvelles larmes. Sawyer sent bien que je craque, car il dépose un baiser sur mon crâne et me rapproche davantage de lui, si cela est possible.

— Et si, au lieu de prévoir le pire, tu pensais au contraire, hein ? Et s'il s'en sort ? C'est Noël, après tout, les miracles sont possibles, non ?

Je relève la tête, étonné par ses paroles.

— Quoi ? dit-il en repoussant les mèches noires qui me tombent devant les yeux.

— Tu crois aux miracles ?

— Est-ce que c'est vraiment une question importante ?

— Non, c'est vrai.

Sawyer me fait remonter le long de son torse jusqu'à ce qu'il puisse m'embrasser.

— Tu sais quoi ? Va donc passer un coup de fil à ta sœur pendant que je vais chercher ton cadeau. Qui sait, peut-être que tu auras des nouvelles ? Et au pire, comme ça, tu la préviens qu'on arrive.

— Et si elles sont *mauvaises* ? me risqué-je à imaginer.

— Alors tu les affronteras, et je serai là, avec toi.

Sawyer

L'expression de pure douleur qui s'est imprimée sur son visage il y a quelques secondes reste encore gravée dans ma mémoire alors que je l'abandonne momentanément pour partir dans le salon et récupérer son cadeau. Lorsque je reviens dans la chambre, je retrouve Herschel debout, toujours dans le plus simple appareil, fixant son téléphone portable, des torrents de larmes ruisselant le long de ses joues jusqu'au sol qui ne va pas tarder, à ce rythme, à se transformer en pataugeoire. Je reste un instant figé, regrettant soudain de l'avoir si égoïstement ramené ici hier soir ; bien sûr que j'aurais dû le laisser repartir au chevet de son père pour qu'il puisse lui dire au revoir. Je me trouve aussi parfaitement ridicule, maintenant, avec mon putain de cadeau. Cependant, je me reprends vite en main, parce que je n'ai pas le droit de manifester une quelconque faiblesse dans un moment pareil, alors je laisse mon présent sur la commode et le rejoins en trois enjambées.

— Herschel ?

Mes mains se posent sur ses joues, et il réagit alors en levant vers moi ses yeux embués de larmes ; mais d'un seul coup, un immense sourire fend son beau visage. Je ne comprends même pas ce qu'il se passe lorsqu'il me saute au cou et s'accroche à moi comme si j'étais la chose la plus importante au monde.

— Il est réveillé, Sawyer... il s'est réveillé.

Je l'étreins aussi fort qu'il peut le supporter tandis que mon cerveau réalise ce qui est en train de se passer.

Quand il s'écarte, je ne peux lire qu'une joie démesurée au fond de ses yeux humides. J'essuie ses joues et l'embrasse avec voracité.

— Ta sœur t'a envoyé un message ?

— Elle a essayé de m'appeler une bonne vingtaine de fois durant la nuit, mais j'avais éteint mon portable.

— Il faut dire qu'on était plutôt occupés, m'amusé-je.

Ses lèvres prennent de nouveau les miennes d'assaut. Il n'est pas tendre, ni dans ses bras qui enserrent mon cou ni dans sa bouche qui me malmène, mais je le sens toutefois trembler contre moi.

— Tu l'as eu, ton miracle, susurré-je contre lui.

— Oui, on dirait bien que... oui.

On se câline, on s'embrasse encore pendant un long moment. Je sens l'euphorie émaner de chacun de ses pores. Je sens aussi son excitation grandir contre moi, et cette fois, je ne résiste pas. Je descends peu à peu mes mains le long de son dos, passe sur ses fesses que j'ai tant possédées cette nuit, plie légèrement les genoux pour atteindre l'arrière de ses cuisses et enfin le soulever dans mes bras. Ses jambes se nouent autour de ma taille et je nous amène de nouveau dans mon lit.

On refait l'amour, frénétiquement, comme deux adolescents incapables de contrôler leur hormones, mais cette fois-ci, il n'y a rien de désespéré dans ses attentions, simplement l'euphorie de cette nouvelle inespérée qui a une odeur de miracle de Noël.

Quand nos corps sont enfin repus l'un de l'autre, je m'écroule sur Herschel, et mon cerveau se remet à fonctionner ; je repense à mon cadeau.

— Où tu vas ? me demande Herschel quand je me lève pour récupérer l'objet.

Quand je le lui tends, ses yeux s'écarquillent.

— Joyeux Noël, mon cœur.

— Sawyer ? dit-il, abasourdi.

— Oui, c'est bien le tien.

Ses doigts tremblants attrapent enfin le tee-shirt de sa mère, qui avait disparu lors de son cambriolage.

— Mais comment t'as fait ?

Il observe son cadeau, de nouvelles larmes coulant de ses yeux. Je m'assieds alors à côté de lui et dépose des baisers sur ses yeux, ses joues, ses lèvres.

— J'ai retourné la maison des parents de Charles. Sa mère n'a pas apprécié, elle m'a même menacé de porter plainte, mais je ne lui ai pas donné le choix, je crois que je lui ai fait peur ; mais au moins, j'ai pu fouiller la chambre de ton cambrioleur. Je voulais vraiment le retrouver, ce foutu tee-shirt, parce que je savais que, d'une certaine manière, tu avais besoin de la présence de ta mère pour affronter tout ça.

Lorsque son visage se relève vers le mien, un nouveau sourire apparaît, un sourire d'une infinie tendresse, qui le rend, à mes yeux, encore plus beau.

— Je t'aime, Sawyer.

— Je t'aime aussi.

Mon emmerdeur préféré passe ses bras autour de mon cou et se réfugie contre moi. Le câlin qu'on échange n'a rien de sexuel, mais il est plein de promesses.

— C'est le plus cadeau qu'on m'ait jamais fait, mais moi, je n'ai rien pour toi, murmure-t-il contre mon épaule.

— Je t'ai, toi. C'est *toi* mon cadeau.

— Oh, mon Dieu, c'est vrai que t'es hyper niais, en fait, s'amuse-t-il.

— C'est ta faute, mais je te promets que je reste le même grincheux qui passe sa vie à râler…

— … et à jurer, rajoute-t-il.

— Mais carrément, bordel !

Son rire est si communicatif que je ne peux m'empêcher de l'imiter.

Quand il s'écarte de moi, c'est pour prendre mon visage en coupe, comme je l'ai moi-même si souvent fait avec lui.

— J'ai remporté mon challenge, me dit-il en souriant.

Je lève un sourcil interrogateur, parce que sur ce coup-là, je ne le suis pas du tout.

— Quand je me suis aperçu que tu me plaisais, je me suis lancé un défi personnel.

— De quoi ? Me rendre complètement dingue ?

— D'une certaine manière, oui, en tout cas je voulais par-dessus tout te faire craquer pour moi, et j'ai réussi.

— C'est quoi, la suite ? Tu vas empocher l'argent, le bouquet de fleurs, la couronne, et me laisser comme une merde ?

La tape qu'il m'assene sur le torse lui fait sûrement plus mal qu'à moi.

— Non ! Je suis désolé de t'apprendre que maintenant, j'ai un autre défi.

— Qui est ?

— Te garder le plus longtemps possible, lance-t-il avant de m'embrasser encore une fois.

— Et c'est moi qui suis niais, hein ?

On reste au lit encore quelques minutes, à parler de tout et de rien, mais assez rapidement, on décide d'aller prendre une douche, de nous habiller et de partir pour Calgary. Il est temps de rejoindre son père, mais aussi sa sœur, qui doit être épuisée, et de constater que Joseph Richter est définitivement sorti d'affaire.

Sur la route, la main d'Herschel dans la mienne, sa putain de playlist de Noël à fond dans les haut-parleurs – parce qu'après tout, je peux bien lui accorder ça – je repense à tout ce chemin parcouru, à notre rencontre, à nos échanges, et je ne regrette pas un seul instant qu'Herschel n'ait rien lâché pour nous. Je me rends compte, aussi, que

173

notre histoire dégouline suffisamment pour faire un bon film de Noël bien cliché, mais après tout, je crois que je m'en fous. Je veux bien être la vedette involontaire d'un gros nanar si à la fin je termine en me sentant aussi bien qu'aujourd'hui, et toujours en couple avec le gars. Je pourrais même peut-être tolérer un « et ils vécurent heureux et eurent beaucoup d'enfants »... Bon, non, en y réfléchissant, faut pas déconner, je me contenterai d'un « et le flic devint le plus chanceux vieux con acariâtre de la terre ». Ça sonne pas si mal.

Épilogue
24 décembre

6 ans plus tard

Herschel

L'après-midi est déjà bien avancée quand je rentre enfin de ma journée shopping à courir partout. Normalement, je m'y prends plus en avance, mais mon flic de mari a eu la très bonne idée de se faire tirer dessus lors d'un contrôle sur la route. En plus de me foutre la trouille de ma vie, ce petit incident, qui s'est avéré, au final, sans danger pour lui, a chamboulé tous nos plans pour préparer le dîner de Noël. Il a eu beaucoup de chances, puisque la balle s'est logée dans sa cuisse sans provoquer d'hémorragie trop importante. Résultat, j'ai dû jongler entre pas mal de variables à la maison, vu que je suis le conjoint physiquement entier, et avec des horaires de bureau flexibles, de surcroît, mais, résultat, j'ai dû terminer les derniers achats pour le repas de Noël le 24 ! Quelle angoisse ! Je suis sûr que si on demandait son avis à Sawyer, il dirait qu'il est bien content de s'être fait tirer dessus au lieu d'avoir eu à se taper les courses.

On a beau vivre dans une ville de taille très modeste, pendant ce genre de période, le nombre de touristes explose et les magasins d'ordinaire plutôt calmes deviennent vite saturés. Même moi qui ne suis pas du genre agoraphobe, je dois bien avouer que j'ai vite atteint mes limites, aujourd'hui.

Je récupère mes sacs et pénètre dans la maison par la porte séparant le garage et la cuisine.

— Je suis rentré ! lancé-je.

Je ne perçois tout d'abord pas le moindre bruit, mais, alors que je commence à ranger les produits frais au réfrigérateur, j'entends soudain des petits pas feutrés. Quand je lève les yeux, je tombe sur ma princesse en sucre, Olivia.

— Hé, mon ange, ça va ?

— Sophie fait dodo avec papa, mais moi je voulais trop savoir si Olaf revenait à la vie, alors j'ai pas dormi.

Ma fille me rejoint et je la soulève d'un mouvement souple pour la caler sur ma hanche. Je dois être le seul homme sur cette Terre qui fasse davantage de muscu *après* avoir eu des enfants.

— Tu le connais par cœur, ce film, trésor, tu sais bien qu'Elsa et Anna arrivent à sauver tout le monde à la fin.

— Et si le film, il change ?

— Ça n'arrive pas, ça, je peux te le promettre.

— En vrai de vrai ?

— En vrai de vrai. Tu veux m'aider à ranger tout ça ?

— Ouiiii !

Olivia s'extirpe de mes bras et commence à fouiller dans les sacs de courses. On ne peut pas dire que ça m'aide beaucoup, mais je ne peux m'empêcher de la regarder avec tendresse.

Près de trois ans que nos jumelles sont entrées dans nos vies. Nous les avons adoptées alors qu'elles avaient à peine un an. Je me souviens encore de ces deux petites têtes, l'une blonde, l'autre presque rousse, avec leurs joues rebondies et leurs yeux pétillants. Sawyer et moi sommes tombés instantanément et irrémédiablement amoureux de ces deux anges minuscules au premier regard, et, depuis, elles partagent nos vies pleinement, apportant les deux dernières pièces à notre famille unie.

À y réfléchir, je trouve ça fou. Je me projette à nouveau six ans en arrière, lorsque Sawyer et moi n'en étions qu'au début de notre histoire, et jamais je n'aurais pu imaginer une telle aventure. À cette époque, je n'aurais jamais pensé que notre couple trouverait si facilement un sens. Moins de deux ans après notre rencontre, Sawyer me demandait déjà en mariage, et je lui ai instantanément dit oui. C'était un soir d'été, alors qu'on rentrait d'une balade bucolique. Mon flic bourru n'est pas à proprement parler un modèle de romantisme, donc sa demande a été lancée au beau milieu de la conversation, comme s'il parlait de la pluie et du beau temps.

— On devrait se marier, a-t-il dit.

— Tiens donc ?

— Tu trouves que c'est une mauvaise idée ? Si je claque en service, tu pourrais avoir ma pension, comme ça. Et puis ça allégerait l'étiquette sur la sonnette de la maison.

— Mon Dieu, Sawyer, ne dis pas des choses pareilles !

— Bah quoi ! C'est pas des conneries ! J'ai dû écrire en pattes de mouche pour faire entrer les deux noms, moralité, une fois sur deux, les colis retournent au dépôt. Je sais pas toi, mais moi, ça me fait chier. Voilà, c'est dit.

— Mais on s'en fiche, de ça, andouille ! Je te parle de ce que tu as dit *avant,* gros malin !

— Oh. Ça.

— Oui. *Ça,* comme tu dis. Ça ne va pas de raconter des horreurs pareilles ?

— Pour ma défense, dans l'absolu, c'est pas faux.

— Mais ce n'est pas ça le problème que ça soit vrai ou non ! Est-ce que tu te rends compte que faire sa demande juste pour une histoire de fric, c'est loin d'être glamour, déjà ? Et puis, mince, ne parle pas de ta mort, pitié.

— Ça va arriver, tu sais, je vais mourir, un jour.

— Non, gémis-je, tais-toi, s'il te plaît. Et bosse un peu, parce qu'on ne peut pas décemment s'arrêter là-dessus. Là, franchement, c'est nul, comme demande.

— Attends, tu veux dire que je dois me mettre à genoux et tout ?!

— Bah tiens, oui ! À genoux, sergent, sinon je refuse tout net.

— Tu m'emmerdes, mon cœur.

— Je le sais, ne t'inquiète pas pour ça, mais quand même, allez, exécution.

Il s'est alors plié à mon caprice, et m'a demandé de l'épouser en bonne et due forme. En levant les yeux au ciel, tout de même. C'était à mourir de rire, et j'ai bien sûr dit oui, et avec les larmes aux yeux. Normalement, quand je raconte cette anecdote, je le fais passer pour le mec le plus romantique au monde en améliorant un peu la réalité, mais ça l'énerve. Je crois qu'au fond, il préfère passer pour un beauf, avec une demande nullissime, plutôt qu'on puisse s'imaginer que mon flic bourru et grognon est en fait secrètement un romantique.

Malgré tout, on s'est mariés très vite après sa demande, devant nos familles, et surtout, à l'église. J'ai dû batailler un peu (beaucoup), mais pour terminer, je me suis résolu à utiliser le sexe pour arriver à mes fins, parce qu'au bout d'un moment, puisque ça marche, que lui en a parfaitement conscience et qu'il l'accepte, je ne vois pas pourquoi je m'abstiendrais.

Six mois plus tard, alors que Sawyer et moi fêtions mes 31 ans au restaurant, il m'a dit qu'il voulait des enfants, encore une fois, un peu au hasard de la conversation. Après m'être assuré que cette fois-ci, ça n'était pas purement pour espérer une réduction d'impôts, je lui ai tout de suite répondu : « lançons-nous ». Après tout, c'est une constante dans notre couple, à chaque fois, on fait le grand plongeon, et advienne que pourra. Jusqu'ici, je dois dire que ça a toujours plutôt bien fonctionné. Sawyer m'a quand même dit *je t'aime* pour la toute première fois alors qu'on s'était rencontrés à peine un mois avant, et qu'on n'avait encore jamais couché ensemble. On aurait pu, comme beaucoup d'autres couples gays, passer par la case *mère porteuse*, mais Sawyer m'a expliqué qu'il y avait déjà plein d'enfants dans le monde qui se retrouvaient sans parents, et qu'on pouvait faire d'une pierre deux coups en choisissant l'adoption. La procédure a été longue, mais encore une fois, nous avons su nous montrer patients, et sept mois après notre décision, nous accueillions nos deux terreurs : Olivia et Sophie.

— Pa, où je mets ça ? demande alors ma fille d'une voix tendue.

La bouteille de jus d'orange *king size* qu'elle tient dans ses petits bras potelés est presque aussi grosse qu'elle.

— Ne va pas te faire mal, donne.

Elle est aussi maladroite que moi, et je ne compte plus les catastrophes qu'elle a pu causer, toujours avec les meilleures intentions du monde. Sophie, elle, ressemble davantage à Sawyer, elle est plus posée, plus boudeuse, aussi, alors qu'Olivia est extravertie et, en toute objectivité, un vrai trublion.

Elle me tend alors la bouteille avant de sauter de nouveau dans le sac de courses.

— Des chocolats ! Des chocolats !

La plus expressive de mes filles sautille partout en tenant le sachet de pères Noël en chocolat que j'ai ajouté sur un coup de tête à mon Caddie.

— On va attendre que ta sœur se réveille, avant de tout manger.

— C'est pas juste mon paquet ?

— C'est pour ta sœur *et* toi.

— D'accord !

Elle se retourne alors et se met à courir en direction du salon en criant à pleins poumons.

— Sophie !!! Pa a acheté du chocolat !!!

Je m'élance pour la rattraper avant qu'elle ne provoque un nouveau cataclysme domestique. Quand je parviens dans la pièce à vivre de la maison qu'on a achetée dès que les filles sont entrées dans nos vies, je retrouve mon mari allongé, roupillant, dans le canapé, sa fille couchée en travers de son ventre, la bouche entrouverte, qui dort elle aussi du sommeil du juste... enfin, plus pour longtemps.

— Sophie ! la secoue sa jumelle.

— Putain... râle alors Sawyer.

— Papa, c'est un gros mot, ça, lui explique doctement Olivia alors que sa sœur commence péniblement à ouvrir les yeux.

Je rencontre alors le regard de mon époux, qui soupire avec une certaine exagération, et, j'en suis persuadé, un certain amusement sous-jacent.

— Si une certaine petite fille que je ne nommerai pas arrêtait de passer son temps à hurler, dans cette maison, j'aurais moins de difficultés à surveiller mon langage, plaisante Sawyer, en chopant gentiment Olivia pas le bras et en la soulevant pour qu'elle finisse, elle aussi, tout contre son père, à côté de Sophie.

Je ne peux que m'attendrir devant ce tableau. Sawyer, mon flic bourru, mais tellement attentionné, serrant ses deux filles dans ses bras en les écoutant planifier avec sérieux la manière dont elles vont partager leur sachet de chocolats. Si on m'avait dit, il y a 6 ans, alors que j'étais à moitié convaincu de finir en ermite au fin fond de la forêt, qu'en réalité je me tiendrais ici, au milieu de mon salon qui étincelle des mille couleurs de Noël, avec un époux toujours aussi sexy malgré ses 47 ans, je ne sais pas si j'y aurais cru. Puisqu'on en est à parler du loup, je crois même pouvoir affirmer que plus les années passent, et plus je le trouve beau, avec ses cheveux poivre et sel, ses traits légèrement plus marqués, burinés par les années de patrouille et d'intervention, et sa carrure qui s'est imperceptiblement épaissie. Oui, messieurs-dames, j'ai toujours un total béguin pour Sawyer Lundblad, même s'il est encore un grincheux, incapable de tenir une demi-journée sans dire de gros mots, et, d'une façon plus générale, toujours le policier le plus grossier et le plus mal élevé que j'aie jamais rencontré. Toutefois, maintenant que je l'ai épousé, je peux aussi affirmer qu'il est un mari passionné, autoritaire juste ce qu'il faut, doublé d'un amant, et surtout un père, tout bonnement extraordinaire.

Sawyer

— Papa ? me demande Sophie.
— Oui, mon canard ?
— Le Père Noël, il est gentil ?
— Oui, bien sûr, pourquoi cette question ?
— Elle trouve que c'est bizarre qu'il rentre chez nous comme ça sans demander la permission, ajoute Olivia.

Ça me fait rire, parce que c'est dans ce genre de moment que je mesure à quel point je détiens sur Sophie. Et même si on ne partage aucun ADN, elle est indéniablement ma fille ; je vois bien que si Olivia prend davantage exemple sur Herschel, ma douce Sophie a plutôt hérité de *mon* tempérament.

— Est-ce que tu m'as déjà vu arrêter le Père Noël, canard ?
— Non, jamais, me répond Sophie avec le plus grand sérieux.
— Faut pas, papa ! s'offusque Olivia, et nos cadeaux !!!
— Jamais, ne vous inquiétez pas, mais maintenant, il faut dormir, mes chéries, sinon le Père Noël ne pourra pas passer.
— D'accord, papa !
— Ouii !!!

Je serre mes deux petits bouts dans mes bras.
— Faites de beaux rêves, Pa et moi, on vous aime fort.
— Je t'aime, papa, murmure Sophie qui s'endort déjà.
— Beaux rêves, papa, chuchote à son tour Olivia, qui prend le même chemin.

Il est déjà tard, et les filles arrivent finalement à s'endormir, à une vitesse impressionnante, même, compte tenu de leurs habitudes. Elles ont été tellement excitées pendant toute la soirée à l'idée d'ouvrir leurs cadeaux demain qu'elles ont eu le plus grand mal à se calmer, et ce n'est pas avec la montagne de nourriture qu'Herschel nous a préparée (et qu'on a collectivement engloutie avec enthousiasme) – depuis l'arrivée des petites, il s'est énormément pris en main sur le plan culinaire et s'est grandement amélioré – que leur petit corps repu risquait de se retrouver à court de carburant. Cela dit, ça y est, elles se sont enfin écroulées, et le monde nous appartient.

Je rejoins mon époux dans le salon, où je le retrouve sur le canapé, déjà en pyjama, un verre de lait de poule dans la main.
— Et où est le mi...

Je n'ai pas le temps de finir ma phrase qu'Herschel me montre du doigt l'objet du délit, trônant fièrement sur la table basse. Je le récupère et m'installe à côté de mon homme. Instantanément, il se blottit contre moi en faisant attention à ne pas trop appuyer sur ma cuisse blessée, ce qui ne l'empêche pas de s'accrocher, malgré tout, à tout ce qu'il peut. Je l'étreins avec tendresse et embrasse le haut de son crâne, comme j'ai depuis longtemps pris l'habitude de le faire.

Après une soirée aussi éreintante, j'apprécie de profiter d'un moment de calme en compagnie d'Herschel. Le feu brûle joyeusement dans la cheminée, et la maison s'est enveloppée d'un silence quasi surnaturel ; l'un dans l'autre, depuis qu'on a les filles, je dois dire que silence ou pas, je commence même à apprécier Noël. Avec des enfants, tout prend une autre dimension, les choses qui nous semblaient barbantes deviennent des moments de partage dont on ne croyait pas qu'ils pouvaient s'avérer aussi forts. L'arrivée de mes jumelles, *nos* filles, a changé nos vies. Je savais que le meilleur était à venir, mais pas à ce point-là, et rien n'aurait été possible sans l'homme qui m'a tout donné, celui que j'ai épousé alors que le monde entier nous disait qu'on allait beaucoup trop vite, et celui avec qui je ne redoute pas de vieillir. Celui qui, en cet instant, commence à embrasser mon cou et que je vois toujours venir à dix kilomètres.

— On ne devrait pas mettre les cadeaux des gosses sous le sapin, avant de passer à la partie interdite aux moins de 18 ans ? soupiré-je tandis qu'Herschel, en plus de poser ses lèvres un peu partout sur ma peau, passe une main sous mon pull pour commence à caresser mon ventre.

— Tu es un vrai rabat-joie, fait-il mine de s'offusquer.

— Non, un réaliste, nuance. Si on commence à se la jouer façon *Brokeback Mountain*, tu sais aussi bien que moi qu'on ne va pas s'arrêter avant épuisement total des deux parties, et on va finir au lit en oubliant que le Père Noël, c'est nous. Je te raconte pas le malaise demain matin.

Le rire qui s'échappe de sa gorge est communicatif, et il capitule de bonne grâce. En s'efforçant de rester le plus discrets possible, nous allons tous deux chercher les cadeaux cachés dans la maison, et je fais un petit détour par la chambre pour récupérer le mien. Quand je rejoins mon homme dans le salon, il est déjà en train de tout installer. Il ne reste rien qui ne soit pas déjà soigneusement emballé, car j'ai profité d'un moment où Herschel a emmené les filles skier pour m'en occuper personnellement. Je ne suis pas un pro, mais j'y ai mis du cœur (et un paquet de gros mots, aussi) ; de toute façon, tous les papiers vont finir à la poubelle demain, donc ce n'est pas la mort si mes paquets ne ressemblent pas à un putain de magasin de déco.

— C'est quoi, ça ? me demande Herschel quand je dépose son immense cadeau au pied du sapin.

— Le tien.

Ses yeux qui pétillent m'indiquent instantanément qu'il n'aura pas la patience d'attendre demain. Je m'assieds alors sur le tapis en étendant ma jambe toujours blessée, au pied de l'arbre, et attrape Herschel pour le caler entre mes cuisses, son dos appuyé contre mon torse.

— Ouvre-le, mon cœur.

Il se contorsionne légèrement pour pouvoir m'observer.

— En vrai ?

— Je ne dirai rien, promis.

Je passe mes bras autour de sa taille et dépose un baiser sur ses lèvres pour accompagner ma réponse. Il déchire fébrilement l'emballage et tombe sur la photo que j'ai fait encadrer. Elle date de l'été dernier, prise lors d'une journée comme une autre, ou on sommes allés nous baigner. C'est sa sœur qui a immortalisé ce moment, et elle nous a saisis en train de nous embrasser, dans l'eau, face à face, nos deux monstres hilares perchés sur nos épaules respectives. La lumière est magnifique, elle se reflète sur l'eau et vient illuminer nos visages radieux. Chiadée, la photo.

— C'est magnifique, merci, je l'adore !

Herschel tremble légèrement contre moi et je le serre davantage.

— Où tu veux l'accrocher ? lui demandé-je.

— Là, m'indique-t-il, avec enthousiasme, juste au-dessus de la cheminée, qu'est-ce que tu en penses ?

— Vendu.

Il tourne une nouvelle fois son visage vers moi pour m'embrasser. Même après toutes ces années, je suis toujours aussi accro à ses baisers, à *lui*, tout simplement. Au fil du temps, ses traits sont devenus moins juvéniles, plus matures, mais je le trouve encore plus beau et j'ai hâte de le voir vieillir encore, sous mes yeux, et de rester à ses côtés à chaque moment de nos vies futures.

Lorsqu'il rompt notre baiser, j'ai envie de le rattraper pour définitivement passer aux choses sérieuses, mais un cadeau fait à son tour une brusque apparition dans ses mains, avant qu'il me le tende, souriant.

— Tiens, c'est pour toi, celui-ci.

Le paquet ressemble à un livre emballé et ça m'intrigue, parce que je n'ai rien d'un grand lecteur.

— Tu sais que je ne lis pas tant que ça... enfin, mis à part mes rapports à la con et...

— Tais-toi et ouvre-le, s'exaspère-t-il tendrement.

Je m'exécute et, lorsque je réalise ce que je tiens au creux de mes mains, je ne peux m'empêcher de sourire comme un crétin.

— C'est le tout premier exemplaire, tu es un chanceux, l'auteur s'est dit que tu pourrais être son premier lecteur, comme il aime bien déjà passer des nuits torrides avec toi.

Je prends d'assaut ses lèvres, parce que je ne peux tout simplement pas m'en empêcher. Herschel me rend toujours aussi dingue, et je reste convaincu que jamais je ne me lasserai de mon emmerdeur de première.

— Je t'aime, Sawyer.

— Je t'aime aussi, mon cœur, à la folie. Toi et nos filles.

Le sourire qu'il m'offre est, comme tous les autres, addictif.

— Allez, lis le début, insiste-t-il.

J'ouvre alors la première page et me mets à aborder le titre, puis le premier chapitre :

« Christmas Challenge : comment faire craquer le flic bourru d'à côté,
par Herschel Richter Lundblad »

S'il y a bien une chose à laquelle je n'étais pas préparé, c'était me faire cambrioler, en cette fin de mois de novembre...

Et ils vécurent heureux jusqu'à la fin des temps.

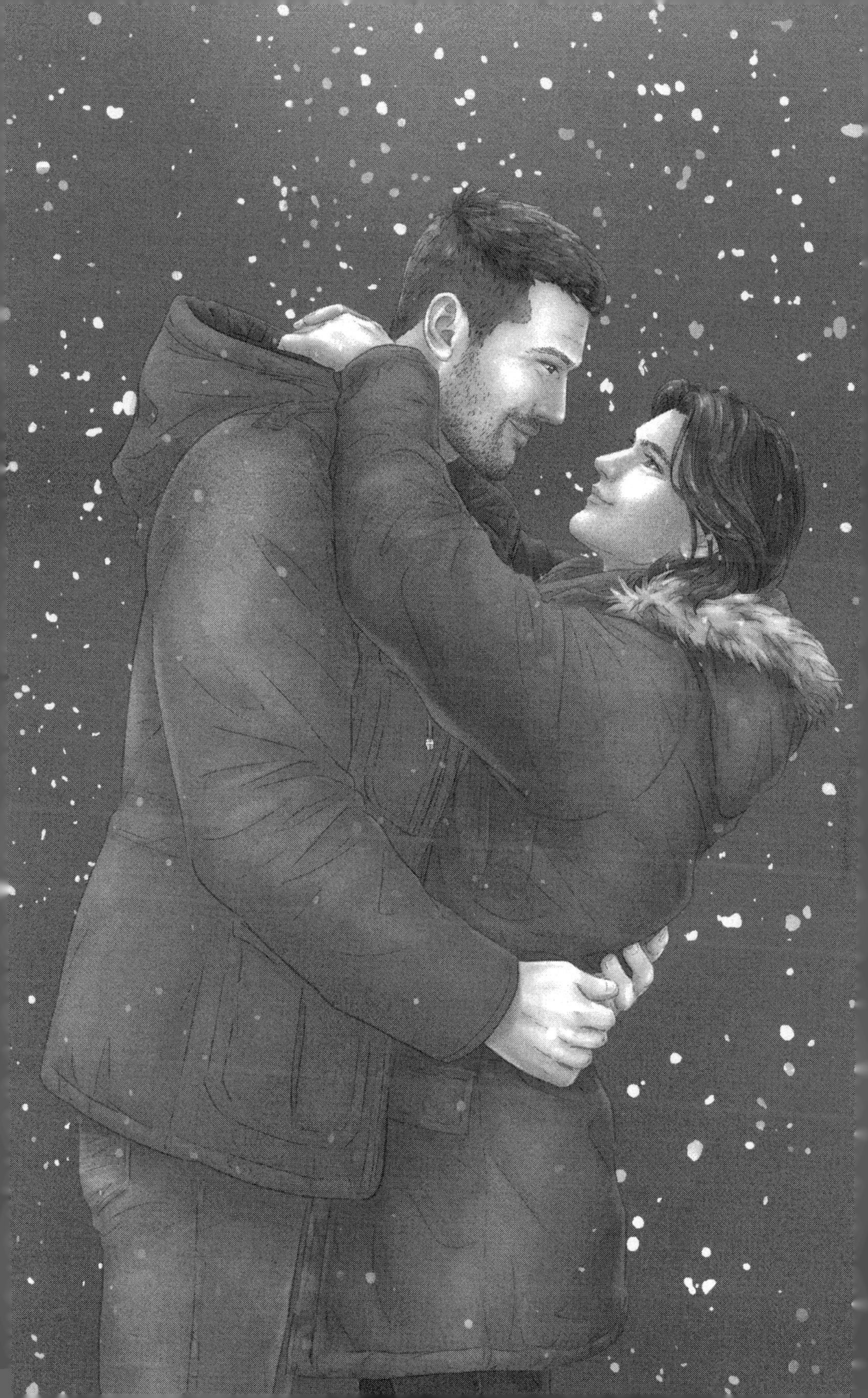

Bonus 1
22 décembre

Tempête de neige

**Aéroport de Winnipeg
2 ans plus tard.**

Herschel

Qu'y a-t-il de pire que de se retrouver bloqué dans un aéroport à cause d'une tempête de neige ? La réponse est simple : se retrouver coincé dans les mêmes conditions en compagnie de Sawyer Lundblad, sergent de police bourru, grossier, et, accessoirement… mon époux. Ou bien, plutôt, dans l'ordre, mon mari, puis accessoirement flic grognon, sans filtre et oui… impoli. Si on est adepte de l'euphémisme.

— Bordel de merde ! Mais vous plaisantez ? Je fais quoi ? Je campe au milieu du hall ??? Je dis à mes filles qu'elles vont passer Noël sans leurs pères !?

— Je vous prie, Monsieur, de garder votre calme ou j'appelle la sécurité.

— Mais je *suis* calme, là ! Putain ! Vous voulez que je m'énerve réellement, pour voir ce que ça fait ?

Je ne me retiens de rire qu'à moitié, parce qu'à force de faire un esclandre à l'hôtesse qui nous fait face, vu que notre avion ne décollera apparemment pas aujourd'hui, Sawyer va véritablement finir par s'attirer des ennuis.

Malgré les ondes de colère qui émanent de son corps, et celles, sonores, qui sont à deux doigts de crever la moitié des tympans à un kilomètre à la ronde, je me rapproche de mon homme, puis attrape sa main dans la mienne, en douceur, pour intervenir avant que la situation ne tourne définitivement au vinaigre.

— Sawyer, arrête... dis-je tout bas. Tu vas nous faire virer de l'aérogare et je n'ai franchement pas envie de devoir passer la nuit dans le blizzard. Ou au poste.

Un grognement s'échappe de ses lèvres tandis qu'il me suit sans grande conviction.

Je sens, toutefois, qu'il a du mal à se contenir, mais il se laisse plus ou moins faire tandis que je nous éloigne avec prudence. Là où nous nous arrêtons, l'immense panneau qui indique que *tous* les vols sont retardés jusqu'à nouvel ordre est bien visible et Sawyer a toutes les peines du monde à ne pas le dévisager avec colère. On dirait presque qu'il brûle d'aller s'expliquer directement avec.

— Sawyer, regarde-moi.

Ma main sur sa joue, je l'invite à baisser la tête sur moi, et lorsque ses pupilles rencontrent enfin les miennes, son regard s'adoucit, malgré ses traits tirés et son teint tirant encore sur l'écarlate.

— Ce n'est la faute de personne, c'est un aléa de la météo. On va patienter tous les deux, ensemble, puis tu vas tempérer tes ardeurs et oublier tes pulsions d'homme des cavernes pour quelques heures, parce que si tu continues à hurler comme ça, tu vas finir par être arrêté, et j'ai envie de rentrer à la maison le plus vite possible, pas de perdre mon temps à te sortir des ennuis. Je te rappelle que tu fais, toi-même, partie des forces de l'ordre, ça ferait tache sur ton C.V.

— Je ne veux pas passer Noël sans Sophie et Olivia. Je nous veux tous les quatre, au chaud et en sécurité chez nous.

— On sera rentrés à temps, je te le promets. Et les filles ne sont pas toutes seules, quoi qu'il en soit. La tempête touche tout le pays, mais je sais qu'elles sont protégées là où elles sont. Au pire, si on rentre plus tard, on décrète, cette année, que Noël, ce n'est plus le 25 et puis c'est tout. Elles ont 6 ans, elles pourront comprendre si on leur explique que même le père Noël a été pris dans le blizzard.

Sawyer se penche légèrement pour déposer sur mes lèvres un baiser appuyé, possessif.

— Tu me casses les couilles à avoir toujours raison, mon cœur.

Il n'y a aucune animosité dans sa voix, seulement le constat d'un fait établi, et je me dis que j'ai au moins gagné cette bataille-là.

— Je sais. Et c'est pour ça que tu m'aimes.

— Ce n'est pas *que* pour ça, note bien.

— Tu me rassures, dis-je en caressant la peau douce, rasée de près, de son visage qui reprend peu à peu sa couleur normale.

— On doit prévenir ta sœur qu'on ne pourra pas récupérer les filles, marmonne-t-il, en relevant le nez vers le panneau d'affichage pour lui jeter un dernier regard vindicatif.

Le panneau ne semble pas s'en émouvoir outre mesure.

— Je vais m'en occuper.

Il ne me faut que quelques minutes pour avoir Vera au téléphone, lui expliquer que nous sommes coincés par la tempête et qu'elle va devoir encore garder nos jumelles, en attendant qu'un avion puisse décoller.

— Ne t'inquiète pas, Brock a vu aux informations que c'était l'enfer sur la moitié du continent. On vous garde les filles, sans problème. Au pire, si ça dure plusieurs jours, je demanderai à papa de m'aider.

— Je n'espère pas, soupiré-je, légèrement amer malgré tout en imaginant cette galère se prolonger. Sawyer va mettre le feu à l'aéroport dans peu de temps si on doit rester longtemps bloqués ici.

— Pourquoi ça ne m'étonne pas, s'amuse-t-elle.

Lorsque je raccroche avec ma sœur, je me rends compte que mon époux, qui se tenait à quelques pas de moi, a disparu. Mon regard fait le tour de l'aérogare, sans succès. Je reprends mon téléphone portable en main et l'appelle, mais il ne décroche pas. Il est peut-être allé aux toilettes. Je retourne près du banc sur lequel nous nous étions installés tandis que nous attendions notre vol et m'assieds.

Les minutes s'égrènent sans nouvelles de mon homme et ça commence à m'inquiéter. Je vérifie plusieurs fois mon téléphone, mais… rien.

Cependant, tout d'un coup, une voix résonne dans le hall de l'aéroport.

— Monsieur Herschel Richter Lundblad, Monsieur Herschel Richter Lundblad est prié de se rendre devant la porte 5. Je répète, monsieur Herschel Richter Lundblad est prié de se rendre devant la porte 5, merci.

Mon cœur s'accélère, parce qu'au fond de moi je sais déjà que Sawyer s'est attiré des ennuis. Je vais même jusqu'à imaginer mon flic impertinent et tête de mule tenter de forcer le passage à bord d'un avion pour nous permettre de rentrer.

Le pire, c'est qu'il en serait capable !

Je récupère notre seul bagage cabine et remonte à la hâte le hall pour m'engouffrer dans le couloir qui dessert les portes 3 à 5. À travers les immenses fenêtres, je peux me rendre compte à quel point le temps est apocalyptique. Le blizzard hurle inlassablement, réduisant la visibilité à son minimum. Les avions sont cloués au sol, incapables de décoller dans la tempête ambiante, et l'aéroport est entouré d'une immensité blanche, infinie, à laquelle le peu d'éclairage subsistant encore donne des reflets orange assez angoissants.

Lorsque j'arrive à la porte 5, il n'y a personne. J'ai beau regarder partout autour de moi, je ne vois ni hôtesse, ni agent, ni mon sergent préféré. Alors que je m'apprête à prendre mon portable pour appeler mon fantôme du moment, et lui passer la soufflante du siècle pour avoir disparu comme ça, un bras puissant ceinture ma taille, derrière moi, tandis qu'une autre main se pose sur ma bouche pour m'empêcher de crier de surprise. J'ai beau m'agiter pour tenter de me libérer, l'homme est beaucoup trop fort pour moi, mais le rire entendu qui résonne à mon oreille me détend instantanément.

Avec une vitesse et une agilité qui m'estomaqueront toujours, Sawyer me fait pivoter et je me retrouve la tête à l'envers, profitant sans véritablement le réaliser d'une vue idyllique sur des fesses moulées dans un jean que je connais par cœur, alors que mon corps se retrouve jeté négligemment en travers d'une des épaules de mon amant. Question dignité, on a connu mieux. Bonjour la honte.

— Sawyer ! Mais t'es dingue !

— Tu te tais. Plus un mot, m'ordonne-t-il.

Je n'essaie même pas de riposter quoi que ce soit. Quand il joue les mâles alpha avec moi, il peut tout me faire faire. À ma plus grande surprise, il franchit les portes qui mènent au sas d'accès d'un avion de ligne.

— Sawyer ! m'insurgé-je en tentant de lui échapper, tu...

— Herschel, je suis déjà assez excité comme ça, alors si tu remues trop, je vais exploser avant la meilleure partie.

Ah oui, c'est vrai, que cet espèce de grand dadais aime encore plus quand je me rebelle ! Et moi, je me retrouve à mon tour passablement titillé par la perspective de plus en plus probable de passer les prochaines minutes en compagnie d'un Sawyer déchaîné et prêt à me faire jouir jusqu'à ce que je demande grâce.

Plutôt agréable de tuer le temps avec du sexe. *Sauf que...*

Mes pensées se retrouvent vite en état d'alerte maximale quand nous nous retrouvons à monter dans un appareil... vide.

Il me pose enfin à terre et oui, je réalise que nous sommes réellement dans un avion, un vrai.

— On n'a pas le droit d'être ici !

J'ai beau regarder autour de moi, il n'y a personne, la cabine est vide, nous sommes toujours accrochés au sas d'embarquement. Les moteurs ne semblent même pas allumés, aucune lumière ne brille en bout d'aile et la carlingue est sacrément secouée par le vent déchaîné, dehors.

— Saw...

— L'avion est à nous pour un quart d'heure, s'amuse mon compagnon en commençant à déboutonner sa ceinture...

— Comment...

Mais il me fait taire par un baiser absolument pas tendre, dévorant, et indéniablement... pressé.

— J'ai sorti mon insigne à un mec de la maintenance pour qu'il m'ouvre l'accès, m'explique-t-il alors qu'il tente de m'enlever mon manteau. *Affaire urgente pour la GRC.* Je suis assez fier de moi, sur ce coup-là. Putain, il m'a même fait l'annonce sur les haut-parleurs.

— Hein !?

— Toi et moi, mon cœur, on va enfin faire partie du *Mile High Club*. Mais on a intérêt à faire vite.

Je suis tellement abasourdi par ce qu'il a fait que je le laisse me tripoter et, oui... commencer à me déshabiller.

— Il faut être à 10.000 m d'altitude pour ça, Sawyer.

— On s'en fout, on est coincé au sol, et avec le temps qu'il fait, ça secoue comme si on volait, non ? Alors du moment qu'on s'envoie en l'air et qu'on est *dans* un avion, en ce qui me concerne...

Je n'ai pas le temps de réagir davantage que Sawyer me fait littéralement et *très* rapidement perdre la tête. Il me fait l'amour avec une sauvagerie experte, dans un appareil vide, mais soumis à d'autres assauts d'une violence comparable et, tandis qu'un orgasme dément me projette au septième ciel, je me dis que je suis l'homme le plus chanceux au monde ; après huit années de vie commune, un mariage et deux enfants, cet homme est encore capable de me surprendre de la plus belle des manières. Tout compte fait, Noël attendra, et ce n'est pas si mal.

Bonus 2
24 décembre

Papas poules !

Banff
10 ans plus tard.

Herschel

— Sawyer !? m'écrié-je à travers la maison, depuis la cuisine. Tu veux bien courir au IGA et me ramener deux patates douces, j'en aurai pas assez pour le gratin !

Je ne perçois pour toute réponse que la vague rumeur de la télévision, dans le salon, et je soupire intérieurement. Puis extérieurement, un peu, aussi.

— Sawyer ?! répété-je encore un peu plus fort.

— PAPA ! entends-je Olivia hurler à son tour à pleins poumons pour faire passer le message.

Elle arrive, par je ne sais quel procédé miraculeux, à outrepasser le copieux volume sonore de Netflix, qui tourne en boucle depuis le début des vacances.

C'est le programme exclusif de notre tête blonde : elle nous l'a annoncé le soir même de la fin des cours, et je cite « parce qu'il n'y a rien de mieux que de passer *toutes* ses journées devant les films de Noël ». Je serais bien le dernier à lui reprocher de se reposer pendant ces deux semaines de pause hivernale. Entre le lycée et ses deux entraînements de hockey sur glace par semaine, l'un à Banff et l'autre à Canmore, à près d'une demi-heure de route d'ici, sans compter les matches, elle ne s'arrête que rarement. Notre petite hyperactive, comme aime bien la qualifier son autre père, a, dès son plus jeune âge, montré à quel point elle avait de l'énergie à revendre, et de l'intérêt pour tellement de sports qu'elle voulait tout faire en même temps. Donc quand elle nous a annoncé un programme de « fainéante » (son propre terme) pour ces vacances, Sawyer et moi nous sommes retenus de sabrer le champagne. Heureusement, Sophie, pour sa part, ne nous fait pas courir autant partout ; elle se cantonne à ses cours et, plus récemment, au premier grand amour de sa vie, Jason. Il est la star du basket du lycée, un brin « regardez comme je suis populaire » (un *gros* brin, dirait Sawyer), mais notre douce Sophie n'a d'yeux que pour lui, au grand dam de mon compagnon.

Les filles ont tellement grandi ; mon époux et moi-même avons pris une puissante claque en fêtant leurs 16 ans, il n'y a pas si longtemps. Seize années, bon sang… j'ai encore du mal à comprendre où est passé tout ce temps. Je le prends plutôt bien, à vrai dire. En tout cas, mieux que mon incorrigible époux. Monsieur ne veut même pas entendre parler de retraite, et pourtant, il s'en rapproche dangereusement. Personnellement, je n'attends que ça : qu'il puisse rester à la maison constamment, près de moi, en sécurité. Même si Banff est très loin d'être une ville dangereuse, les risques existent néanmoins. Je me souviens encore de ce Noël passé avec une jambe immobilisée après qu'il ait été touché par une balle ; un événement rarissime, certes, mais qui m'avait malgré tout flanqué la peur de ma vie. Il aurait pu arrêter de travailler il y a des années déjà, au moment où ma propre carrière a décollé et où je me suis soudain retrouvé à même de subvenir largement aux besoins de ma famille avec les royalties de mes livres. Cependant, Sawyer n'est pas *du tout* le genre d'homme à rester à la maison à ne rien faire, même si, de son propre aveu, il est bien content quand il ne se passe rien dans la région et qu'il peut laisser traîner ses pieds sous son bureau. Voire même *sur* son bureau, s'il se sent exceptionnellement à l'aise.

Toujours est-il que Sawyer n'a pas changé d'un iota, il est toujours ce même homme bourru, grossier, mais tout aussi attentionné et affectueux ; un mari aimant qui, au fil du temps, est en même temps devenu un père incroyable et quelque peu surprotecteur. Mais à cet instant précis, je me demande bien ce qu'il peut être en train de faire.

— Sawyer ! réessayé-je au même moment qu'Olivia l'appelle avec la subtilité d'une corne de brume déréglée.

— Quoi !? Mais arrêtez de hurler comme ça ! entends-je alors grogner l'intéressé, en même temps que des bruits de pas pressés résonnent dans l'escalier.

— Pa t'appelle depuis une plombe et demie ! Faut que t'ailles en courses !

— Ton langage, jeune fille, la sermonne-t-il au passage.

— Rohh, ça va... C'est *familier*, pas grossier.

— Olivia... grogne-t-il.

— OK, OK, je regarde mon film et je me tais.

Je souris, amusé par leur dynamique et parce que s'il y a bien une personne qui parle comme un charretier dans cette maison, c'est évidemment et avant tout mon homme. Bien qu'Olivia ait davantage pris de mon caractère, elle n'a pourtant eu aucun mal à emprunter le pas de Sawyer sur le registre du langage imagé. Parfois même fleuri.

Quelques secondes plus tard, mon mari arrive enfin dans la cuisine. Lorsque je lève la tête de ma planche à découper pour lui redemander d'aller faire deux courses, je bloque, le couteau que j'utilisais pour couper mes légumes suspendu en l'air tandis que je reste figé de stupeur.

— Tu es sérieux ?! m'extasié-je devant la nouvelle tête de mon homme.

— Ça te plaît ?

Une lueur passe dans ses yeux alors qu'il avance vers moi tel un prédateur sur le point de bondir, mais arborant désormais une puissante moustache en remplacement de la sempiternelle barbe qu'il portait depuis quelques années. Je repose délicatement la lame en m'efforçant de ne pas y laisser de phalanges et fais disparaître les quelques centimètres qui nous séparent. Mes bras s'enroulent autour de son cou, alors que ses vastes mains passent directement sur mes fesses.

Toujours aussi gentleman.

— Tu as un petit air de Magnum, constaté-je. Enfin, de Tom Selleck, quoi. Plutôt version *Richard*, dans Friends, d'ailleurs.

— Je savais que tu allais dire ça, sourit-il.

— Tu connais mes faiblesses.

— Après dix-huit ans ensemble ? J'espère bien.

Je l'embrasse fougueusement, fort heureux de pouvoir expérimenter la sensation de cette fascinante moustache contre mes lèvres. Instantanément, notre baiser devient brûlant, ignorant superbement la routine de ces presque deux décennies de vie commune. Monsieur fêtera l'année prochaine ses soixante ans, tandis que je me rapproche moi-même dangereusement du demi-siècle, et pourtant la passion est toujours là ; notre amour n'a fait que se renforcer au fil des années. Quant au sexe, même si, comme la plupart des couples, on se saute un peu moins dessus, parfois par manque de temps, ou encore parce qu'on est trop crevés pour faire autre chose que dormir, le soir venu, je peux malgré tout affirmer que ce que nous partageons est toujours aussi intense et jouissif. On a connu des hauts et des bas, comme tout le monde, mais je reste persuadé que ma vie n'aurait jamais pu être aussi parfaite sans un homme pareil à mes côtés.

— Et si tu envoyais plutôt ta fille faire tes courses, que je puisse te pencher contre le plan de travail, à côté de la dinde ?

Je ris comme un idiot et Sawyer me rejoint avant d'attaquer mon cou en mordillant l'air de rien la chair à sa portée. Je me serre encore plus contre lui, me mettant sur la pointe des pieds pour profiter davantage de notre étreinte.

— Beurk… trouvez-vous une chambre, se plaint une voix, derrière nous.

Je rigole une nouvelle fois tandis que Sawyer, lui, lance un regard courroucé à Olivia. On évite l'un comme l'autre de nous tourner entièrement vers elle, histoire de ne pas mettre en évidence la preuve irréfutable et moyennement classe du désir toujours présent entre nous.

— Tu n'as pas un film niais à regarder, toi, avec un autre beau gosse mièvre comme Hollywood aime en foutre dans leurs nanars cucul la praline, au lieu de fureter derrière tes vieux pères ?

Olivia lève les yeux au ciel avec une facétie visible, puis ouvre le réfrigérateur pour y plonger le nez et prendre ce qu'elle a visiblement décidé de manger.

Sawyer se décolle alors de moi. Néanmoins, j'ai à peine pivoté pour revenir à ma cuisine que notre fille relance les hostilités avec un parfait détachement.

— Tu dis aussi ça à Pa quand il écrit ses livres de cul ?
— Olivia ! m'insurgé-je. Ce ne sont pas des livres de….
— Tu as gagné un aller-retour chez IGA pour aller chercher ce dont ton père a besoin, me coupe Sawyer quand sa fille émerge du frigo, et une semaine entière à déblayer la neige sur l'allée du garage, petite impertinente.

Olivia commence à quitter la cuisine en soupirant en mode « adolescente » puissance mille, tandis que Sawyer lui emboîte le pas.

— De toute façon, ça tombe toujours sur moi… c'est pas Sophie que tu…

Je n'entends pas la suite de la conversation parce que je n'y prête pas plus attention que ça. Ces deux-là se chamaillent tout le temps, même s'ils s'aiment sans concession, mais disons qu'Olivia s'affirme de plus en plus avec l'âge, et que le moins qu'on puisse dire est qu'elle ne se laisse pas faire. Sawyer ne supporte pas qu'on défie son autorité, donc les deux s'affrontent *très* régulièrement.

J'ai eu le temps de terminer de découper tous mes légumes lorsque Sawyer repasse la tête par l'embrasure de l'entrée de la cuisine.

— Qu'est-ce que tu voulais que j'achète, déjà ?
— Je n'ai pas assez de patates douces.
— Combien il t'en faut ?
— Deux, je dirais, et… ah, oui, des airelles fraîches.
— D'accord. À quelle heure arrive Sophie ?

Notre deuxième petit ange est partie dormir chez sa meilleure amie Amber pour quelques jours. Elles sont inséparables, et je crois aussi que Sophie veut profiter de l'occasion pour aller rendre visite à l'élu de son cœur. Sawyer, quant à lui, croit naïvement que sa fille est bien trop innocente pour ne serait-ce que seulement envisager de faire le mur.

— Elle ne devrait pas tarder, je pense.

— Parfait. Je vais emmener Olivia, qu'elle lâche sa télé un quart d'heure, et je m'occuperai de la viande en rentrant.

Il commence à partir, mais je l'interpelle rapidement.

— Oui, mon cœur ?

— Tu n'oublies pas quelque chose ?

— Ah oui, pardon.

Sawyer me rejoint et m'embrasse tendrement, l'une de ses paumes caressant ma joue.

Il n'y a que deux règles dans cette maison. La première, de ne jamais se coucher en étant fâché avec qui que ce soit, et la seconde, ne jamais partir sans embrasser un de ses vieux pères (ou *époux*, en l'occurrence).

— À tout à l'heure. Et ne te coupe pas un doigt ! s'amuse-t-il.

Je me contente de sourire à sa petite mise en garde. Malgré les années, je suis toujours resté aussi maladroit et Sawyer craint perpétuellement de me voir utiliser des choses coupantes, mais je me soigne, comme on dit, et cela fait une éternité que je ne me suis pas blessé.

Je continue mes préparatifs pour le réveillon de ce soir. Cette année, nous fêtons Noël tous les quatre. Mon père est en voyage avec sa nouvelle compagne – comme quoi l'amour n'a pas d'âge – et Vera, elle, passe les fêtes à Edmonton, dans la famille de son mari, avec leurs enfants.

Quelques minutes plus tard, alors que je nettoie mon plan de travail, j'entends la porte de la maison s'ouvrir.

— T'as oublié quelque chose ? demandé-je à tue-tête à Sawyer, car je suppose que c'est lui.

Un curieux silence me répond, et je réalise que ce doit être Sophie, en réalité. J'entends ses bruits de pas feutrés jusqu'à la cuisine et, quand je lève les yeux, je me retrouve face à une petite tête pleine de boucles rousses et des yeux rouges emplis de larmes plus ou moins contenues.

— Mais qu'est-ce qu'il t'arrive, ma chérie ?! m'inquiété-je.

Ma belle et douce Sophie ne répond rien. Elle me rejoint et se blottit dans mes bras.

— Sophie ?

— Les garçons sont vraiment tous des débiles, sanglote-t-elle.

— Oh, ma princesse. Pourquoi tu dis ça ? C'est à cause de Jason ?

Je prends son visage en coupe et l'invite délicatement à me regarder dans les yeux.

— Tu l'as vu, aujourd'hui, avec Amber ?

— Comment tu le sais ?

J'aime quand j'aperçois la confusion dans le regard de mes filles, toujours persuadées que je suis trop vieux et naïf pour voir et comprendre certaines choses – comme si je n'avais jamais été adolescent moi-même.

— Parce que je ne suis pas né de la dernière pluie, lui souris-je.

— Je te jure que je suis vraiment allée chez Amber, geint-elle.

— Je sais bien, mais j'imagine que tu voulais en profiter pour aller le voir, aussi, *lui* ? J'ai raison ?

— Désolée, bougonne-t-elle, la culpabilité inscrite sur son front comme un néon clignotant.

— Et si tu me racontais plutôt ce qui te chagrine, hein ?

— Je lui avais envoyé un message pour lui dire qu'on pouvait se voir s'il voulait, mais il m'a dit qu'il était occupé avec sa famille. Sauf que ce matin, on est allées au *Tim* avec Amber, et il était là, mais il a fait comme si je n'existais pas.

— Il y a peut-être une raison logique ?

Même si intérieurement, j'ai déjà envie d'aller secouer ce petit imbécile pour avoir mis ma fille dans un état pareil, je me dois de rester un peu objectif, parce que hélas, je sais bien à quel point, à seize ans, *tout* prend des proportions bibliques.

— Tu sais, parfois, les garçons se comportent comme des idiots quand ils sont avec leurs amis. Ils n'ont pas envie de montrer leurs émotions en public.

Ses yeux fuient alors les miens et ça ne me dit rien qui vaille. Je comprends qu'il y a certainement quelque chose d'autre.

— Sophie ?

— Pa... gémit-elle de nouveau comme si je lui avais demandé de vider le lave-vaisselle.

— Si tu veux que je t'aide, ma puce, il va falloir que tu me parles.

Elle commence à vouloir s'échapper de mon étreinte, et quand elle utilise ses mains pour cacher son visage, qui commence à tourner au rouge écarlate, je comprends instantanément.

Il y a beaucoup de parents qui se ferment quand il s'agit de parler de sexualité avec leurs enfants. Sawyer est d'ailleurs plutôt pudique à ce propos, il est même, je dirais, dans le déni total du fait que ses filles soient des êtres humains comme les autres, avec des désirs et des pulsions naturels. Ce qui n'est pas mon cas, du moins j'aimerais le croire, et j'ai beau être un homme, j'ai toujours mis un point d'honneur à ne jamais laisser mes filles seules face à leurs questionnements. Quand on est une femme et une mère, j'imagine que c'est plus simple de parler de sa propre expérience, mais j'espère avoir relevé le défi sur chacune des étapes de leurs vies jusque-là. Y compris quand la puberté a frappé à leur porte et qu'il a fallu que je me renseigne sur les règles, qu'on parle contraception, et j'en passe.

— Tu as fait l'amour avec lui, c'est ça ?

Elle hoche la tête timidement, en cachant encore son visage.

Il fallait bien que ce jour arrive à un moment ou un autre, et heureusement qu'elle se confie à moi en premier ; je n'ose imaginer la tête qu'aurait fait Sawyer.

— C'est depuis ça qu'il t'évite ?

Nouveau mouvement affirmatif.

Je suis d'un tempérament plutôt calme, mais, là, j'ai une furieuse envie de mettre moult claques à ce cliché ambulant de petit merdeux sportif.

— Ce n'est que ça, hein, il ne t'a pas fait de mal ?

Parce que là, je pourrais devenir violent. Sans parler de Sawyer.

— Non, papa, on s'est protégé et il... il était gentil, et... je l'aime, moi, Pa.

Sophie s'étrangle sur sa dernière phrase, puis pleure à chaudes larmes. Je l'étreins de nouveau en la serrant le plus fort possible, mon cœur en morceaux devant la détresse de ma fille.

Le bougre devrait réfléchir à quitter la ville, et rapidement, parce que si je suis, pour ma part, plutôt pacifiste, je vais en revanche devoir convaincre Sawyer de ne pas sortir le fusil. Dieu ait pitié de Jason Miles.

Sawyer

— Papa, je peux te poser une question ? me demande Olivia dans la voiture, sur le chemin du retour.

— Ce que tu veux, poussin.

Je lui jette un léger coup d'œil, mais elle fixe l'espace, devant elle, le sachet d'airelles dans ses bras, comme si c'était sa seule raison de vivre. J'ai encore du mal à réaliser que mon poussin et mon canard sont devenues de ravissantes jeunes femmes. Le temps où elles étaient encore mes bébés est révolu, même si, dans mon cœur elles le resteront toujours.

— Tu me trouves bizarre ?

Alors là, je ne m'y attendais pas, à celle-là.

— Comment ça, bizarre ? Par rapport à quoi ?

— J'en sais rien…

— C'est ta sœur qui t'a dit quelque chose en particulier ? Ou quelqu'un d'autre ?

— Non ! Elle, elle dit que je suis différente, que j'ai une personnalité à part. Moi, j'ai juste l'impression d'être un garçon manqué un peu zarbi.

— Tu sais qu'on n'aime pas ce terme, avec ton père.

— Oui je sais… *parce que les filles ont le droit d'aimer le hockey et les garçons le patinage artistique, et bla bla bla….* continue-t-elle sur un ton quelque peu moqueur.

— Olivia... grogné-je.

— Pardon, papa, grimace-t-elle, réellement désolée, c'est juste que, tu vois, petite, j'adorais les dinosaures et les Pokémon alors que Sophie ne lâchait pas ses poupées et ses costumes de princesse ; je n'ai presque que des amis mecs, et pas beaucoup, en plus, juste ceux du hockey, et j'ai même pas de petit ami ! Toutes les filles de mon âge en ont déjà eu, et pas moi.

— Si c'est ça qui t'inquiète, je peux te rassurer tout de suite. Il n'y a absolument rien de bizarre dans tout ce que tu me dis.

— Je me sens à part, c'est tout, comme si je ne rentrais pas dans le moule.

Je tends la main et la pose sur son épaule, en massant délicatement l'articulation sous mes doigts.

— Poussin, ce n'est pas dramatique d'être différente, et je peux t'assurer que je sais ce que c'est. Tu verras, avec le temps, on se rend compte que rentrer dans le « moule », comme tu dis, ça n'en vaut pas la peine. Toi et ta sœur, vous êtes différentes l'une de l'autre, mais vous êtes des filles merveilleuses, chacune à votre manière. Et tu sais, les garçons sont tous des tocards, à ton âge. Même le *Jason* de ta sœur, d'ailleurs. Les adolescents ne pensent qu'à ça et ils sont parfaitement immatures, je peux te l'assurer, j'ai été l'un d'entre eux. Et puis, si tu savais le nombre de ces crétins de lycéens que j'arrête pour des conneries toujours plus débiles. Donc, non, tu n'es pas bizarre, tu as du caractère et tu es *toi*, tu as le droit de t'intéresser à ce que tu veux. Et puis ton père et moi, on t'aime comme tu es.

— Tu dis ça parce que tu es mon père, justement.

— Et donc ? Je ne suis pas le mieux placé pour te connaître ?

— Peut-être.

Elle tourne la tête pour observer la montagne d'un air un peu boudeur. Je sais qu'il va falloir que je fasse mieux que ça.

— Et entre nous, je te rappelle que tu es dans une équipe de hockey où tu es la plus jeune *et* la *seule* fille et que ça ne t'empêche pas de botter régulièrement le cul des gars, qui rentrent ensuite chez eux la queue entre les jambes.

— Papa !

— Ça compense les moments où c'est *toi* qui dis des gros mots.

Olivia rit de bon cœur et je sais que j'ai gagné cette manche. J'ai depuis longtemps dépassé cette période merdique où on se cherche et où tout prend de proportions dingues pour un rien. L'expérimenter en tant que parent, ce n'est pas la partie la plus fun de l'exercice.

Quelques minutes plus tard, je me gare dans notre garage et descends de voiture. La chaleur de la maison nous accueille et c'est le bonheur, on se gèle vraiment trop les couilles, dehors, en ce moment.

— Hersch ? interpellé-je mon mari dès que je mets un pied dans la maison.

— En haut ! Monte, s'il te plaît, faut qu'on parle.

Je me tourne vers Olivia et lève un sourcil.

— Ne me regarde pas comme ça ! J'y suis pour rien, moi, s'amuse-t-elle.

— Allez, va terminer ton film, je vais voir ce que ton père complote.

Après m'être débarrassé de tout mon attirail pour sortir par ce froid polaire, je monte les marches quatre à quatre et retrouve Herschel devant la porte de la chambre de Sophie. La grimace qu'il me fait ne me rassure absolument pas.

— Un problème ? Sophie est rentrée ? Elle est malade ? m'alerté-je tout de suite.

Mais j'ai à peine fait un pas pour rentrer voir ma fille qu'il me retient par le coude.

— Non, elle n'est pas malade, mais... commence-t-il en parlant tout bas, ta fille vient d'expérimenter la débilité des mecs de son âge.

— C'est cette petite merde de Jason ?

— Alors, à d'autres moments, je t'aurais peut-être dit d'arrêter de juger ce gamin juste parce qu'il est amoureux de ta fille, mais dans ce cas-là, oui, exactement. *C'est cette petite merde de Jason.*

— Qu'est-ce qu'il a fait ? grondé-je.

— Je te le dis à condition que tu me promettes d'abord de ne pas lui tirer dessus, et que tu passes cette porte en ayant pour seul et unique objectif de réconforter ton canard, d'accord ?

— Ça va, je sais me tenir... bougonné-je.

— Quand ça concerne Olivia et Sophie, nous savons toi et moi très bien que tu ne sais absolument pas être raisonnable. Et encore moins te tenir, comme tu dis.
— Mais !
— Non, pas d'arguments. Promets, s'il te plaît ?
— D'accord....
— Non, dis-le à voix haute.
— Je promets de le laisser vivant et de réconforter ma fille.
— Vivant *et* sans plaie par arme à feu ?
— Vivant *et* sans plaie par arme à feu.

J'ajoute un signe de croix sur mon cœur, mais intérieurement je sais par avance que je vais choper ce connard, peu importe ce qu'il lui a fait.

— Bon... voilà...

Mon mari m'explique alors toute l'affaire, et, évidemment, je vois rouge.

— Et je pense que Sophie a besoin qu'on soit là pour elle et qu'on passe le plus beau des réveillons, pour qu'elle commence à oublier sa peine de cœur. Je peux compter sur toi ?

— Oui, réponds-je sans hésiter.

Herschel m'embrasse tendrement sur la joue avant de me laisser gérer Sophie.

Quand j'entre dans la chambre, je la retrouve cachée sous sa couette. Je la rejoins, soulève son piètre rempart et me faufile comme je peux dans son minuscule lit au vu de ma carrure. Je nous enferme tous les deux sous les draps et ma fille se blottit contre mon flanc sans émettre la moindre protestation. Mes bébés sont toujours plus en sécurité quand je les ai contre moi.

Et ça vaut aussi pour Herschel.

— Pa t'a raconté ? dit-elle d'une petite voix qui me donne encore plus envie de la protéger.

— Oui, mon canard.

— Tu pourras me venger ?

— Avec plaisir, même. Il va comprendre sa douleur, ce petit merdeux, mais ne dis rien à ton père.

Sophie rit et renifle en même temps.

— Merci, papa.
— Toujours, mon ange.

Je la serre fort contre moi en tentant d'absorber sa peine au maximum. Herschel et mes filles sont mon monde tout entier ; je serai toujours là pour les protéger et les chérir.

— Tu veux qu'on reste là, où on descend ? Je crois que ta sœur est devant un film de Noël à la con.
— Juste une minute, encore ?
— Tout ce que tu veux.

Sophie n'en demande pas davantage. Et lorsqu'on rejoint le rez-de-chaussée, Olivia est devant la télévision, deux tasses de chocolat chaud nous attendent déjà sur la table basse, et un immense plaid est déplié sur le canapé. J'ai l'impression qu'elle a lancé un nouveau film, puisque la télé est en pause sur le logo d'un studio de cinéma.

Sans la moindre hésitation, Sophie rejoint sa jumelle, qui l'accueille à bras ouverts. C'est ce que j'aime dans leur relation, elles ont beau être le jour et la nuit, elles s'adorent et sont toujours là l'une pour l'autre, malgré les chamailleries normales de toute fratrie.

Je rejoins alors mon mari, toujours dans la cuisine où il élit domicile chaque année à cette période.

— Je me suis occupé de la viande, en fin de compte, me dit-il en souriant. Sophie va mieux ?
— Ça passera avec le temps. Les deux sont dans le canapé.
— Bien, bien.

Herschel me tend alors une tasse de chocolat chaud, réplique exacte de celle des filles.

— Tu as droit à ta boisson réconfort, toi aussi.
— Qu'est-ce que je ferais sans toi ? m'extasié-je en me nourrissant de sa présence, de ses yeux qui me regardent depuis toujours avec tout l'amour possible.
— Qu'est-ce que *je* ferais sans toi, tu veux dire.
— Allez, viens là.

Il se ne fait pas prier, se blottit contre moi et m'embrasse pour la énième fois de la journée. Jamais je ne me lasserai de ses baisers, de son sourire, de tout ce qu'il m'apporte au quotidien. Les rides au coin de ses yeux et les cheveux blancs n'y changeront jamais rien, il est toujours aussi beau, et je l'aime toujours comme un fou.

— On rejoint nos filles ?

Il entremêle nos doigts, attrape sa propre tasse et nous emmène dans le salon. Olivia et Sophie sont toujours dans les bras l'une de l'autre quand on se vautre à côté d'elles. Le sapin brille à côté de nous, le feu crépite dans la cheminée et la neige continue de tomber dehors en cette fin de journée, le tableau parfait pour un Noël parfait.

— Vous regardez quoi les filles ? demande Herschel qui, à son tour, se cale contre moi.

— *Que souffle la romance* ! répond Olivia qui, bien qu'elle clame le contraire haut et fort, est tout aussi romantique que toutes les filles de son âge.

— Pour changer, m'amusé-je.

Je ne compte même plus le nombre de fois où elles ont regardé ce truc.

— Peter et Nick sont trop mignons, commente Sophie, toujours avec la petite voix d'une jeune fille qui a furieusement besoin de réconfort.

— Pas autant que ton père et moi, répliqué-je.

— Apprends à danser sur Britney, comme Peter avec ses nièces, Papa, et on en reparlera, me taquine Olivia.

Les trois rient à mes dépens, mais je ne m'en formalise pas, on aime se taquiner dans cette famille, et je ne suis pas franchement du genre à briller sur une chorégraphie de *Britney*. Je prends une gorgée de mon chocolat et profite de ce moment où j'ai, d'un côté, mon époux blotti contre moi, et mes deux bébés de l'autre.

Herschel se penche alors à mon oreille.

— Je t'aime, Sawyer.

— Moi aussi, mon cœur, lui réponds-je en embrassant le haut de son crâne.

Et c'est comme ça que commence notre réveillon, tous ensemble et unis par les liens les plus forts ; bordel, que je les aime. Et je ne changerais de vie pour rien au monde.

FIN

Remerciements

Un immense merci à mon compagnon pour son aide toujours aussi indispensable. J'aimerais aussi remercier Lisa, ma bêta lectrice, qui n'aime pas les romances de Noël, mais qui s'est prêtée au jeu, tout de même. Ses conseils m'ont été précieux.
Merci à Elina pour sa relecture à la recherche des dernières coquilles.
J'espère que cette histoire toute douce vous a plu.
À bientôt,
Nina

Déjà parus

Impossible Desire/Teach Me Again : Impossible Desire (réédition de Player Boy)
Breaking The Ice
Breaking The Game
Christmas Challenge : comment faire craquer le flic bourru d'à côté
Le Hockeyeur et le Magicien : Loivng to Hate You

Nova Scotia
Unwanted Love : Envers et Contre Tout

Forever
Forever is Not Enough
Semper Fidelis : Yours For Eternity

Vancouver Confidential
Enquête préliminaire
Plaidoyer
Verdict

Nouvelles Chances
Stupid Love
Summer Love
Freaky Love
Fairy Love
Pour Toujours